EL SÍ DE LAS NIÑAS

LEANDRO FERNÁNDEZ DE MORATÍN

El sí de las niñas

CLÁSICOS UNIVERSALES

EDICIÓN ÍNTEGRA

Ilustración cubierta: Francisco de Goya, *Las majas en el balcón,* 1810-1812

Avenida de Guadalix, 103
28120 Algete (Madrid)
Tel. 91 886 43 80
Fax: 91 886 47 19
E-mail: jamestas@arrakis.es
www.mestasediciones.com

ISBN: 978-84-89163-63-8
Depósito legal: M-28.429-2009
Impreso en España por: Gráficas Rógar, S. A.
Pol. Industrial Alparrache, C/ Mina del Cotorro.
28600 Navalcarnero - Madrid
Printed in Spain - Impreso en España

Primera edición: marzo 1999
Segunda edición: junio 2000
Tercera edición: noviembre 2003
Cuarta edición: junio 2006
Quinta edición: junio 2009

INTRODUCCIÓN

Enfrente del grupo literario cuyo jefe reconocido era Quintana a principios de nuestro siglo estaba el grupo de los amigos y admiradores de D. Leandro Fernández de Moratín, el más insigne de nuestros poetas cómicos al modo clásico, y uno de los escritores más correctos y más cercanos a la perfección que hay en nuestra lengua, ni en otra alguna. Niéganle algunos viveza de fantasía, profundidad de intención, calor de afectos y abundancia de estilo. Aun la misma perfección de su prosa antes estriba en la total carencia de defectos que en cualidad alguna de orden superior, sin que conserve nada de la grande y caudalosa manera de nuestros prosistas del siglo XVI. La sobriedad del estilo de Moratín se parece algo a la sobriedad forzada del que no goza de perfecta salud ni tiene sus potencias íntegras. Hay siempre algo de recortado y de incompleto, que no ha de confundirse con la sobriedad voluntaria, última perfección de los talentos varoniles y señores de su manera.

Pero esto es todo lo malo que puede decirse de Moratín, y aun esto lo hemos exagerado en los términos, para que no se nos tache de apasionados ciegos de aquel ilustre escritor. Porque en realidad, apasionados somos, aunque no de la totalidad de sus obras, ni quizá por las mismas razones que otros. Acaso parezca una paradoja decir que el rumbo que siguió habitualmente Moratín no era el más proporcionado a su ingenio, y que fue hasta cierto punto mártir de la doctrina literaria cuyas cadenas parecía llevar con tanta soltura y desembarazo. Y el primer error de Moratín fue obstinarse en la imitación de Molière, con cuyo talento no tenía el suyo punto alguno de semejanza. Las obras en que quiere imitarle directamente *(La mojigata,* por ejemplo) son las más débiles y las más descoloridas de todas, y forzosamente han de parecer de segundo y aun de tercer orden a todo el que no profese por las menudencias gramaticales y la elegante imitación del lenguaje familiar una adoración exagerada. Moratín carece absolutamente de la profundidad lógica más bien que psicológica que Molière pone en sus figuras; de aquella penetrante fuerza cómica que ahonda en las entrañas de la vida, y saca de ella, si no tipos complejos como los de Shakespeare, a lo menos imperecederas generalizaciones, que parecen almas humanas, siquiera muchas veces no lo sean. Moratín no penetra ni ahonda nada, y suele usar de tonos tan apagados, que apenas dejan impresión distinta en los ojos ni en la memoria.

Pero, cuando Moratín es Moratín, empieza a descubrirse en él, aunque algo atenuada como de propio intento, una naturaleza de poeta, mucho mayor de lo que al principio se hubiera creído, y entonces nos encontramos con que Moratín alcanza verdadera superioridad en dos géneros muy distintos: la crítica literaria llevada al teatro, pero por otro camino y con distintos fines que la llevó Molière, y un cierto género de comedia urbana, sentimental y grave, donde los elementos cómicos quedan en segundo término. Esta comedia en nada se parece al género declamatorio, ampuloso y fríamente frenético, atestado de moralidades, sentencias, exclamaciones y pantomimas, que había querido implantar en Francia Diderot. Al contrario, la musa de Moratín, suave, tímida, casta parece que rehuye la expresión demasiado violenta del sentimiento, y guarda, en el mayor tumulto de la pasión, una compostura, una decencia, una flor de aticismo como la que Terencio ponía hasta en sus esclavos y sus rameras. Moratín es de la familia de Terencio: ambos carecen de fuerza cómica y de originalidad, y en ambos la nota característica es una tristeza suave y benévola. No lo negará quien haya meditado despacio el incomparable *El sí de las niñas,* tan malamente tildado por algunos de frío y seco, y comparado por Schack con un paisaje de invierno. Yo no veo allí la nieve ni la desolación, sino más bien las tintas puras y suaves con que se engalana el sol al ponerse en tarde de otoño.

Moratín no servía para la pintura de otros vicios y ridiculeces que los literarios. *El barón* es pueril y candoroso hasta el último punto; *La mojigata* poco menos, y ni por semejas descubre los verdaderos caracteres de la tenebrosa hipocresía. Y tenía que suceder así forzosamente, porque Moratín (según de todos los sucesos de su vida resulta) no conoció jamás el mundo ni hizo esfuerzo por estudiarle, sino que, solitario, huraño y retraído, hombre bueno y generoso en el fondo, pero desconfiado y de difícil acceso, vivió con sus libros y con muy pocos amigos, y no parece haber sentido verdadera indignación contra otra ninguna cosa, sino contra los malos dramaturgos y las perversas comedias. Y así como en *El viejo y la niña,* obra de su juventud, y en *El sí de las niñas,* obra perfecta de su edad madura, puso lo que en él había de poeta de sentimiento, así en *La comedia nueva* derramó toda su cáustica vena contra los devastadores del teatro, produciendo la más asombrosa sátira literaria que en ninguna lengua conozco, y que quizá no tenga otro defecto que haber querido el autor, para hacer más directa y eficaz la lección de buen gusto que se proponía dar, presentarse bajo la máscara del único personaje realmente antipático de tan regocijada obra. Mucho disfavor se hizo Moratín arrebatado por sus furores de hombre de escuela; él valía más que D. Pedro.

Moratín ha expuesto largamente sus doctrinas dramáticas no sólo por boca del ya citado insufrible pedagogo, sino en forma directa y preceptiva, así en las *"advertencias"* (por lo general bien poco modestas) que figuran en las diversas ediciones al frente de sus comedias, como en las extensas e importantísimas notas que dejó manuscritas a *El viejo y la niña*, y a *El café*. Todavía conviene añadir muchos trozos de sus viajes, algunas de sus cartas, muchos apuntes sueltos y juicios de obras dramáticas, y las largas notas que puso a su traducción del *Hamlet* de Shakespeare. Pero la exposición más sistemática y completa es la que se halla en el prólogo general de sus *Comedias,* escrito en París en 1825, y que puede considerarse como su testamento literario. Valiéndonos de todas estas fuentes, procuraremos exponer las doctrinas literarias de Moratín, que son realmente bien poco complicadas.

El concepto que Moratín tenía de la comedia en ese año 25, después de Lessing, después de Schlegel, y cuando ya por todas partes triunfaba la revolución romántica, era el más estrecho que puede imaginarse, mucho más estrecho que la fórmula que el mismo Moratín había practicado. En general, los artistas son los que tardan más en desprenderse de las preocupaciones doctrinales de su juventud. Los críticos que nada han hecho y que no ponen su amor y su orgullo en sus obras propias pueden ir muy lejos, sin temor y sin escrúpulos. ¿Pero cómo exigir de Moratín que en su vejez renunciara de plano a una escuela dentro de la cual había triunfado, probando con su ejemplo que no eran óbice tales preceptos para la creación de obras verdaderamente bellas? Así es que le vemos citar con muchísimo respeto no ya sólo a Boileau, sino a Nasarre (!), y definir la comedia poco más o menos como Luzán: «imitación en diálogo (escrita en prosa o verso) de un suceso ocurrido en un lugar y en pocas horas entre personas particulares, por medio del cual y de la oportuna expresión de afectos y caracteres resultan puestos en ridículo los vicios y errores comunes en la sociedad, y recomendadas, por consiguiente, la verdad y la virtud». Éste es un género de comedia; pero ¿por qué no ha de haber otros igualmente legítimos, como la comedia lírica e ideal de Aristófanes, la comedia-novela de Lope de Vega, la comedia caprichosa y fantástica de Shakespeare? A lo menos, agradezcamos a Moratín el haber suprimido de la definición de los antiguos lo de acción *alegre y regocijada,* porque entonces serían sus propias comedias las primeras que quedasen fuera de tan rígida legislación.

También admite Moratín el intolerable apotegma de que «toda composición cómica debe proponerse un objeto de *enseñanza,* desempeñado con los atractivos del placer». Profesa el principio de imitación como distinta de la copia, «porque el poeta, observador de la naturaleza, escoge en ella lo que únicamente conviene a su propósito, lo distribuye, lo embellece y de muchas partes verdaderas compone un todo que es mera ficción: verisímil, pero no cierto; semejante al original, pero idéntico nunca». Considera el arte como la facultad de *embellecer* la naturaleza: «la naturaleza presenta los originales; el artífice los elige, los hermosea, los combina...» Establece, sin embargo, una diferencia profunda entre la tragedia y la comedia. La primera es (como hoy diríamos) arte idealista; la segunda arte realista. *«La tragedia pinta a los hombres no como son en realidad, sino como la imaginación supone que pudieron o debieron ser: por eso busca sus originales en naciones y siglos remotos... La comedia pinta a los hombres como son,* imita las costumbres nacionales y existentes, los vicios y errores comunes, los incidentes de la vida doméstica». De aquí infiere Moratín que la comedia puede escribirse en prosa, pero la tragedia debe escribirse siempre en verso. Él compuso en prosa sus dos mejores comedias, y leía continuamente la *Celestina,* el *Quijote* y el *Pícaro Guzmán,* para extraer de ellos una prosa dramática, dificilísima de escribir en castellano.

En las *unidades* es inexorable: *una acción sola en un lugar y un día:* un solo interés, un solo enredo, un solo desenlace: «si no, la atención se distrae, el objeto principal desaparece, los incidentes se atropellan, las situaciones no se preparan, los caracteres no se desenvuelven, los afectos no se motivan...» «No se cite el ejemplo de grandes poetas que las abandonaron, puesto que, si las hubieran seguido, sus aciertos serían mayores...» «Si tal licencia llegara a establecerse, presto caerían los que la siguieran en el *caos dramático de Shakespeare».* «Si la ejecución es dificultosa, ¿quién ha creído hasta ahora que sea fácil escribir una excelente comedia?»

La comedia de Moratín, sujeta ya por tantas trabas, aún lo está por muchas más que el poeta se impone. Los personajes han de pertenecer forzosamente a la *clase media de la sociedad,* como si ella sola tuviera el privilegio de las situaciones cómicas. Para Moratín es objeto indigno del arte lo que él llama «el populacho soez, sus errores, su miseria, su destemplanza, su insolente abandono». Como se le había puesto en la cabeza que la comedia se escribía para *enseñar y corregir,* estima que tales gentes son incapaces de emnienda, y las entrega al brazo de las leyes *protectoras y represivas.*

Otras recomendaciones son muy discretas, verbigracia, preferir los caracteres a la acción; no hacer ridículos todos los personajes, para que no falte la necesaria degradación en las figuras; no fundar el objeto primario de lo cómico en defectos físicos o en ridiculeces de poca monta, ni tampoco en extravagancias parciales y rarísimas. Pero el mejor precepto de todos, el que más honra el discernimiento de Moratín, y el que explica por qué se salvó él donde tantos naufragaron, es el de hacer española la comedia, y vestirla de *basquiña y mantilla,* lo cual dentro de cualquiera poética puede y debe hacerse y recomendarse.

Se ha presentado a Moratín como enemigo acérrimo del antiguo teatro español. Nada más falso y gratuito. [...] Nasarre había lanzado sobre Lope la nota de corruptor de un teatro que el tal Nasarre no conocía ni por asomo. Moratín, que había estudiado ese teatro, defiende a Lope de *acusación tan injusta*, y pondera en magníficos términos «su exquisita sensibilidad, su ardiente imaginación, su natural afluencia, su oído armónico, su cultura y propiedad en el idioma, su erudición y lectura inmensa de autores antiguos y modernos, su conocimiento práctico de los caracteres y costumbres nacionales»; comenzando por declarar que nunca produjo la naturaleza hombre semejante. «No corrompió el teatro (añade): se allanó a escribir según el gusto de su tiempo». No se puede pedir más a un admirador tan fervoroso de Molière y de Boileau. ¿Y quién no recuerda lo que dice D. Pedro en *La comedia nueva* (y es casi lo único tolerable que dice): «¡Cuánto más valen Calderón, Solís, Rojas, Moreto *cuando deliran,* que estotros cuando quieren hablar en razón!... Aquellos disparates, aquel desarreglo son hijos del ingenio y no de la estupidez».

(Marcelino Menéndez y Pelayo, "Desarrollo de la preceptiva literaria de la segunda mitad del siglo XVIII y primeros años del XIX", *Historia de las ideas estéticas en España,* v. III, p. 419-425).

Leandro Fernández de Moratín, hijo del abogado y conocido escritor Nicolás Fernández de Moratín, nació en Madrid el 10 de marzo de 1760, primogénito de cuatro hijos, que murieron muy niños. "A los cuatro años de edad le dieron unas viruelas de tal malignidad, que estuvo a la muerte... El estrago que este azote de la infancia hizo en su fisonomía no fue menor que el que causó en su índole. Alteróse notablemente su condición, y, siendo antes amable, dulce, festivo con todos, suelto de lengua, vivo e impetuoso, se volvió llorón, impaciente, disputador, tímido y reservado". Recuerda sus años infantiles: "Sin haber adquirido vicio ni resabio particular de parte de mis condiscípulos, no adquirí ninguna amistad con ellos, ni supe jugar al trompo, ni a la taba, ni a la rayuela, ni a las aleluyas; acabadas las horas de estudio, recogía mi cartera y desde la escuela, cuya puerta se veía desde mi casa, me ponía en ella de un salto". Una mudanza de la familia le permitió conocer a Sabina Conti, hija del conde Tullio Antonio Conti, su primer amor infantil. Fue un autodidacta, dedicado en sus primeros años a la pintura, pero, tras la muerte de sus padres, sigue buscando un empleo que le proporcione "en pocas horas de trabajo lo estrictamente necesario para mantener la vida y poder dedicar el resto según sus inclinaciones". Su primera obra teatral, *El viejo y la niña,* no consiguió que se la representasen hasta 1790. Gracias a la amistad con Jovellanos, pudo viajar a Francia en 1787, en calidad de secretario del conde Cabarrús. A su vuelta de Francia, se le recomendó a Manuel Godoy, quien le otorgó un beneficio en la iglesia de Montoro (Córdoba) y una pensión sobre la mitra de Oviedo; consigue licencia para representar *El viejo y la niña* y una pensión importante para viajar a Europa... y al regreso es nombrado secretario de la Interpretación de Lenguas y miembro de la Junta de Teatros. La guerra de la Independencia quiebra su situación plácida. Acepta el cargo de bibliotecario mayor, o sea director de la Biblioteca Real (1808-1812): se convierte en un "afrancesado"; y esto determina que Moratín se expatríe: Valencia, Barcelona, Francia, Italia. Vuelve a España en 1820, cuando Fernando VII concede una amnistía para los emigrados; pero su estancia es corta, y emprende el definitivo camino del destierro: Burdeos, París con Manuel Silvela. En agosto de 1827 redacta su testamento, dejando heredera de sus bienes a la nieta de Manuel Silvela, y en mayo del año siguiente sintió las primeras manifestaciones de un cáncer de estómago, que puso fin a su vida el 21 de junio de 1828.

EL EDITOR

PERSONAS

DON DIEGO

DON CARLOS

DOÑA IRENE

DOÑA FRANCISCA

RITA

SIMÓN

CALAMOCHA

La escena es en una posada de Alcalá de Henares.— El teatro representa una sala de paso con cuatro puertas de habitaciones para huéspedes, numeradas todas. Una más grande en el foro, con escalera que conduce al piso bajo de la casa. Ventana de antepecho a un lado. Una mesa en medio, un banco, sillas, etcétera.— La acción empieza a las siete de la tarde y acaba a las cinco de la mañana siguiente.

Éstas son las seguridades que dan los padres y los tutores, y esto lo que se debe fiar en el sí de las niñas. *(Acto III. Escena XIII.)*

ACTO PRIMERO

ESCENA PRIMERA

DON DIEGO, SIMÓN

(*Sale* DON DIEGO *de su cuarto.* SIMÓN, *que está sentado en una silla, se levanta.*)

DON DIEGO: ¿No han venido todavía?

SIMÓN: No, señor.

DON DIEGO: Despacio la han tomado, por cierto.

SIMÓN: Como su tía la quiere tanto, según parece, y no la ha visto desde que la llevaron a Guadalajara...

DON DIEGO: Sí. Yo no digo que no la viese, pero, con media hora de visita y cuatro lágrimas, estaba concluido.

SIMÓN: Ello también ha sido extraña determinación la de estarse usted dos días enteros sin salir de la posada. Cansa el leer, cansa el dormir... Y, sobre todo, cansa la mugre del cuarto, las sillas desvencijadas, las estampas del *hijo pródigo,* el ruido de campanillas y cascabeles, y la conversación ronca de carromateros y patanes, que no permiten un instante de quietud.

DON DIEGO: Ha sido conveniente el hacerlo así. Aquí me conocen todos [el Corregidor, el señor Abad, el Visitador, el Rector de Málaga... ¡Qué sé yo! Todos... Y ha sido preciso estarme quieto y no exponerme a que me hallasen por ahí.]

SIMÓN: Yo no alcanzo la causa de tanto retiro.

Pues, ¿hay más en esto que haber acompañado usted a doña Irene hasta Guadalajara, para sacar del convento a la niña y volvernos con ellas a Madrid?

DON DIEGO: Sí, hombre, algo más hay de lo que has visto.

SIMÓN: Adelante.

DON DIEGO: Algo, algo... Ello tú al cabo lo has de saber, y no puede tardarse mucho... Mira, Simón, por Dios te encargo que no lo digas... Tú eres hombre de bien, y me has servido muchos años con fidelidad... Ya ves que hemos sacado a esa niña del convento y nos la llevamos a Madrid.

SIMÓN: Sí, señor.

DON DIEGO: Pues bien... Pero te vuelvo a encargar que a nadie lo descubras.

SIMÓN: Bien está, señor. Jamás he gustado de chismes.

DON DIEGO: Ya lo sé, por eso quiero fiarme de ti. Yo, la verdad, nunca había visto a la tal doña Paquita; pero, mediante la amistad con su madre, he tenido frecuentes noticias de ella; he leído muchas de las cartas que escribía; he visto algunas de su tía la monja, con quien ha vivido en Guadalajara; en suma, he tenido cuantos informes pudiera desear acerca de sus inclinaciones y su conducta. Ya he logrado verla; he procurado observarla en estos pocos días, y, a decir verdad, cuantos elogios hicieron de ella me parecen escasos.

SIMÓN: Sí, por cierto... es muy linda y...

DON DIEGO: Es muy linda, muy graciosa, muy humilde... Y, sobre todo, ¡aquel candor, aquella inocencia...! Vamos, es de lo que no se encuentra por ahí... Y talento... Sí, señor, mucho talento... Con que, para acabar de informarte, lo que yo he pensado es...

SIMÓN: No hay que decírmelo.

DON DIEGO: ¿No? ¿Por qué?

SIMÓN: Porque ya lo adivino. Y me parece excelente idea.

DON DIEGO: ¿Qué dices?

SIMÓN: Excelente.

DON DIEGO: ¿Con que al instante has conocido...?

SIMÓN: ¿Pues no es claro...? ¡Vaya...! Dígole a usted que me parece muy buena boda. Buena, buena.

DON DIEGO: Sí, señor... Yo lo he mirado bien, y lo tengo por cosa muy acertada.

SIMÓN: Seguro que sí.

DON DIEGO: Pero quiero absolutamente que no se sepa hasta que esté hecho.

SIMÓN: Y en eso hace usted bien.

DON DIEGO: Porque no todos ven las cosas de una manera, y no faltaría quien murmurase y dijese que era una locura, y me...

SIMÓN: ¿Locura? ¡Buena locura!... ¿Con una chica como ésa, eh?

DON DIEGO: Pues ya ves tú. Ella es una pobre... Eso sí. [Porque, aquí entre los dos, la buena de doña Irene se ha dado tal prisa a gastar desde que murió su marido, que, si no fuera por estas benditas religiosas y el canónigo de Castrojeriz, que es también su cuñado, no tendría para poner un puchero a la lumbre... Y muy vanidosa y muy remilgada, y hablando siempre de su parentela y de sus difuntos, y sacando unos cuentos allá que... Pero esto no es del caso...] Yo no he buscado dinero, que dineros tengo; he buscado modestia, recogimiento, virtud.

SIMÓN: Eso es lo principal... Y, sobre todo, lo que usted tiene ¿para quién ha de ser?

DON DIEGO: Dices bien... ¿Y sabes tú lo que es una mujer aprovechada, hacendosa, que sepa cuidar de la casa, economizar, estar en todo...? Siempre lidiando con amas, que si una es mala, otra es peor: regalonas, entremetidas, habladoras, llenas de histérico, viejas, feas como demonios... No, señor: vida nueva. Tendré quien me asista con amor y fidelidad, y viviremos como unos santos... Y deja que hablen y murmuren, y...

SIMÓN: Pero, siendo a gusto de entrambos, ¿qué pueden decir?

DON DIEGO: No, yo ya sé lo que dirán; pero... Dirán que la boda es desigual, que no hay proporción en la edad, que...

SIMÓN: Vamos, que no me parece tan notable la diferencia. Siete u ocho años, a lo más.

DON DIEGO: ¿Qué, hombre? ¿Qué hablas de siete u ocho años? Si ella ha cumplido diez y seis años pocos meses ha.

SIMÓN: Y bien, ¿qué?

DON DIEGO: Y yo, aunque gracias a Dios estoy robusto y... Con todo eso, mis cincuenta y nueve años no hay quien me los quite.

SIMÓN: Pero si yo no hablo de eso.

DON DIEGO: Pues ¿de qué hablas?

SIMÓN: Decía que... Vamos, o usted no acaba de explicarse o yo lo entiendo al revés... En suma, esta doña Paquita ¿con quién se casa?

DON DIEGO: ¿Ahora estamos ahí? Conmigo.

SIMÓN: ¿Con usted?

DON DIEGO: Conmigo.

SIMÓN: ¡Medrados quedamos!

DON DIEGO: ¿Qué dices...? Vamos, ¿qué?

SIMÓN: ¡Y pensaba yo haber adivinado!

DON DIEGO: Pues ¿qué creías? ¿Para quién juzgaste que la destinaba yo?

SIMÓN: Para don Carlos, su sobrino de usted, mozo de talento, instruido, excelente soldado, amabilísimo por todas sus circunstancias... Para ése juzgué que se guardaba la tal niña.

DON DIEGO: Pues, no, señor.

SIMÓN: Pues, bien está.

DON DIEGO: ¡Mire usted qué idea! ¡Con el otro la había de ir a casar!... No, señor, que estudie sus matemáticas.

SIMÓN: Ya las estudia, o, por mejor decir, ya las enseña.

DON DIEGO: Que se haga hombre de valor y...

SIMÓN: ¡Valor! ¿Todavía pide usted más valor a un oficial que en la última guerra, con muy pocos que se atrevieron a seguirle, tomó dos baterías, clavó los cañones, hizo algunos prisioneros y volvió al campo lleno de heridas y cubierto de sangre…? Pues bien satisfecho quedó usted entonces del valor de su sobrino, y yo le vi a usted más de cuatro veces llorar de alegría, cuando el rey le premió con el grado de teniente coronel y una cruz de Alcántara.

DON DIEGO: Sí, señor; todo es verdad; pero no viene a cuento. Yo soy el que me caso.

SIMÓN: Si está usted bien seguro de que ella le quiere, si no la asusta la diferencia de la edad, si su elección es libre..

DON DIEGO: Pues ¿no ha de serlo…? [Doña Irene la escribió con anticipación sobre el particular. Hemos ido allá, me ha visto, la han informado de cuanto ha querido saber, y ha respondido que está bien, que admite gustosa el partido que se le propone… Y ya ves tú con qué agrado me trata, y qué expresiones me hace tan cariñosas y tan sencillas… Mira, Simón, si los matrimonios muy desiguales tienen por lo común desgraciada resulta, consiste en que alguna de las partes procede sin libertad, en que hay violencia, seducción, engaño, amenazas, tiranía doméstica… Pero aquí no hay nada de eso.] ¿Y qué sacarían con engañarme? Ya ves tú la religiosa de Guadalajara si es mujer de juicio; ésta de Alcalá, aunque no la conozco, sé que es una señora de excelentes prendas; mira tú si doña Irene querrá el bien de su hija; pues todas ellas me han dado cuantas seguridades puedo apetecer... La criada, que la ha servido en Madrid y más de cuatro años en el convento, se hace lenguas de ella; y, sobre todo, me ha informado de que jamás observó en esta criatura la más remota inclinación a ninguno de los pocos hombres que ha podido ver en aquel encierro. Bordar, coser, leer libros devotos, oír misa y correr por la huerta detrás de las mariposas, y echar agua en los agujeros de las hormigas, éstas han sido su ocupación y sus diversiones... ¿Qué dices?

SIMÓN: Yo nada, señor.

DON DIEGO: Y no pienses tú que, a pesar de tantas seguridades, no aprovecho las ocasiones que se presentan para ir ganando su amistad y su confianza, y lograr que se explique conmigo en absoluta libertad... Bien que aún hay tiempo... Sólo que aquella doña Irene siempre la interrumpe, todo se lo habla... Y es muy buena mujer, buena...

SIMÓN: En fin, señor, yo desearé que salga como usted apetece.

DON DIEGO: Sí, yo espero en Dios que no ha de salir mal. Aunque el novio no es muy de tu gusto... ¡Y qué fuera de tiempo me recomendabas al tal sobrinito! ¿Sabes tú lo enfadado que estoy con él?

SIMÓN: ¿Pues qué ha hecho?

DON DIEGO: Una de las suyas... Y hasta pocos días ha no lo he sabido. El año pasado, ya lo viste, estuvo dos meses en Madrid... Y me costó buen dinero la tal visita... En fin, es mi sobrino, bien dado está; pero voy al asunto. Llegó el caso de irse a Zaragoza a su regimiento... Ya te acuerdas de que, a muy pocos días de haber salido de Madrid, recibí la noticia de su llegada.

SIMÓN: Sí, señor.

DON DIEGO: Y que siguió escribiéndome, aunque algo perezoso, siempre con la data de Zaragoza.

SIMÓN: Así es la verdad.

DON DIEGO: Pues el pícaro no estaba allí cuando me escribía las tales cartas.

SIMÓN: ¿Qué dice usted?

DON DIEGO: Sí, señor. El día tres de julio salió de mi casa, y a fines de septiembre aún no había llegado a sus pabellones... ¿No te parece que, para ir por la posta, hizo muy buena diligencia?

SIMÓN: Tal vez se pondría malo en el camino, y por no darle a usted pesadumbre...

DON DIEGO: Nada de eso. Amores del señor oficial y devaneos que le traen loco... Por ahí, en esas ciudades, puede que... ¿Quién sabe...? Si encuentra un par de ojos negros, ya es hombre perdido... ¡No permita Dios que me le engañe alguna bribona de éstas que truecan el honor por el matrimonio!

SIMÓN: ¡Oh! No hay que temer... Y si tropieza con alguna fullera de amor, buenas cartas ha de tener para que le engañe.

DON DIEGO: Me parece que están ahí... Sí. Busca al mayoral, y dile que venga, para quedar de acuerdo en la hora que deberemos salir mañana.

SIMÓN: Bien está.

DON DIEGO: Ya te he dicho que no quiero que esto se trasluzca, ni… ¿Estamos?

SIMÓN: No haya miedo que a nadie lo cuente.

(SIMÓN *se va por la puerta del foro. Salen por la misma las tres mujeres, con mantillas y basquiñas.* RITA *deja un pañuelo atado sobre la mesa, y recoge las mantillas y las dobla.)*

ESCENA II

DOÑA IRENE, DOÑA FRANCISCA, RITA, DON DIEGO

DOÑA FRANCISCA: Ya estamos acá.

DOÑA IRENE: ¡Ay, qué escalera!

DON DIEGO: Muy bien venidas, señoras.

DOÑA IRENE: ¿Conque usted, a lo que parece, no ha salido?

(Se sientan DOÑA IRENE *y* DON DIEGO.*)*

DON DIEGO: No, señora. Luego, más tarde, daré una vueltecilla por ahí... He leído un rato. Traté de dormir, pero en esta posada no se duerme.

DOÑA FRANCISCA: Es verdad que no... ¡Y qué mosquitos! Mala peste en ellos. Anoche no me dejaron parar... Pero mire usted, mire usted *(Desata el pañuelo y manifiesta algunas cosas de las que indica el diálogo)* cuántas cosillas traigo. Rosarios de nácar, cruces de ciprés, la regla de San Benito, una pililla de cristal... Mire usted qué bonita. Y dos corazones de talco... ¡Qué sé yo cuánto viene aquí!... ¡Ay! Y una campanilla de barro bendito para los truenos... ¡Tantas cosas!

DOÑA IRENE: Chucherías que la han dado las madres. Locas estaban con ella.

DOÑA FRANCISCA: ¡Cómo me quieren todas! ¡Y mi tía, mi pobre tía, lloraba tanto...! Es ya muy viejecita.

DOÑA IRENE: Ha sentido mucho no conocer a usted.

DOÑA FRANCISCA: Sí, es verdad. Decía: ¿Por qué no ha venido aquel señor...?

DOÑA IRENE: El padre capellán y el rector de los Verdes nos han venido acompañando hasta la puerta.

DOÑA FRANCISCA: Toma *(Vuelve a atar el pañuelo y se le la a* RITA, *la cual se va con él y con las mantillas al cuarto de* DOÑA IRENE), guárdamelo todo allí, en la excusabaraja. Mira, llévalo así de las puntas... ¡Válgate Dios! ¡Eh! ¡Ya se ha roto la Santa Gertrudis de alcorza!

RITA: No importa; yo me la comeré.

ESCENA III

DOÑA IRENE, DOÑA FRANCISCA, DON DIEGO

DOÑA FRANCISCA: ¿Nos vamos adentro, mamá, o nos quedamos aquí?

DOÑA IRENE: Ahora, niña, que quiero descansar un rato.

DON DIEGO: Hoy se ha dejado sentir el calor en forma.

DOÑA IRENE: ¡Y qué fresco tienen aquel locutorio! [Vaya,] está hecho un cielo...

(*Siéntase* DOÑA FRANCISCA *junto a su madre.)*

[DOÑA FRANCISCA: Pues con todo, aquella monja tan gorda que se llama la madre Angustias, bien sudaba... ¡Ay, cómo sudaba la pobre mujer!]

DOÑA IRENE: Mi hermana es la que está bastante delicadita. Ha padecido mucho este invierno... Pero, vaya, no sabía qué hacerse con su sobrina la buena señora... Está muy contenta de nuestra elección.

DON DIEGO: Yo celebro que sea tan a gusto de aquellas personas, a quienes debe usted particulares obligaciones.

DOÑA IRENE: Sí, Trinidad está muy contenta, y en cuanto a Circuncisión, ya lo ha visto usted. La ha costado mucho despegarse de ella; pero ha conocido que, siendo para su bienestar, es necesario pasar por todo... Ya se acuerda usted de lo expresiva que estuvo, y...

DON DIEGO: Es verdad. Sólo falta que la parte interesada tenga la misma satisfacción que manifiestan cuantos la quieren bien.

DOÑA IRENE: Es hija obediente, y no se apartará jamás de lo que determine su madre.

DON DIEGO: Todo eso es cierto, pero…

DOÑA IRENE: Es de buena sangre, y ha de pensar bien, y ha de proceder con el honor que la corresponde.

DON DIEGO: Sí, ya estoy; pero ¿no pudiera, sin faltar a su honor ni a su sangre…?

DOÑA FRANCISCA: ¿Me voy, mamá? *(Se levanta y vuelve a sentarse.)*

DOÑA IRENE: No pudiera, no señor. Una niña bien educada, hija de buenos padres no puede menos de conducirse en todas ocasiones como es conveniente y debido. Un vivo retrato es la chica, ahí donde usted la ve, de su abuela, que Dios perdone, doña Jerónima de Peralta… En casa tengo el cuadro, ya le habrá usted visto. Y le hicieron, según me contaba su merced, para enviárselo a su tío carnal, el padre fray Serapión de San Juan Crisóstomo, electo obispo de Mechoacán.

DON DIEGO: Ya.

DOÑA IRENE: Y murió en el mar el buen religioso, que fue un quebranto para toda la familia… Hoy es, y todavía estamos sintiendo su muerte; particularmente mi primo don Cucufate, Regidor perpetuo de Zamora, no puede oír hablar de Su Ilustrísima sin deshacerse en lágrimas.

DOÑA FRANCISCA: ¡Válgate Dios, qué moscas tan…!

DOÑA IRENE: Pues murió en olor de santidad.

DON DIEGO: Eso bueno es.

DOÑA IRENE: Sí, señor; pero como la familia ha venido tan a menos... ¿Qué quiere usted? Donde no hay facultades... Bien que, por lo que puede tronar, ya se le está escribiendo la vida; y quién sabe que el día de mañana no se imprima, con el favor de Dios.

DON DIEGO: Sí, pues ya se ve. Todo se imprime.

DOÑA IRENE: Lo cierto es que el autor, que es sobrino de mi hermano político, el canónigo de Castrojeriz, no la deja de la mano; y a la hora de ésta, lleva ya escritos nueve tomos en folio, que comprenden los nueve años primeros de la vida del santo obispo.

DON DIEGO: ¿Con que para cada año un tomo?

DOÑA IRENE: Sí, señor, ese plan se ha propuesto.

DON DIEGO: ¿Y de qué edad murió el venerable?

DOÑA IRENE: De ochenta y dos años, tres meses y catorce días.

DOÑA FRANCISCA: ¿Me voy, mamá?

DOÑA IRENE: Anda, vete. ¡Válgate Dios, qué prisa tiene!

DOÑA FRANCISCA: ¿Quiere usted *(Se levanta, y después de hacer una graciosa cortesía a* DON DIEGO, *da un beso a* DOÑA IRENE *y se va al cuarto de ésta)* que le haga una cortesía a la francesa, señor don Diego?

DON DIEGO: Sí, hija mía. A ver.

DOÑA FRANCISCA: Mire usted, así.

DON DIEGO: ¡Graciosa niña! ¡Viva la Paquita, viva!

DOÑA FRANCISCA: Para usted una cortesía, y para mi mamá un beso.

ESCENA IV

DOÑA IRENE, DON DIEGO

DOÑA IRENE: Es muy gitana y muy mona, mucho.

DON DIEGO: Tiene un donaire natural que arrebata.

DOÑA IRENE: ¿Qué quiere usted? Criada sin artificio ni embelecos de mundo, contenta de verse otra vez al lado de su madre, y mucho más de considerar tan inmediata su colocación, no es maravilla que cuanto hace y dice sea una gracia, y máxime a los ojos de usted, que tanto se ha empeñado en favorecerla.

DON DIEGO: Quisiera sólo que se explicase libremente acerca de nuestra proyectada unión, y...

DOÑA IRENE: Oiría usted lo mismo que le he dicho ya.

DON DIEGO: Sí, no lo dudo; pero el saber que la merezco alguna inclinación, oyéndoselo decir con aquella boquilla tan graciosa que tiene, sería para mí una satisfacción imponderable.

DOÑA IRENE: No tenga usted sobre ese particular la más leve desconfianza; pero hágase usted cargo de que a una niña no la es lícito decir con ingenuidad lo que siente. Mal parecería, señor don Diego, que una doncella de vergüenza y criada como Dios manda, se atreviese a decirle a un hombre: Yo le quiero a usted.

DON DIEGO: Bien, si fuese un hombre a quien hallara por casualidad en la calle y le espetara ese favor de buenas a primeras, cierto que la doncella haría muy mal; pero a un hombre con quien ha de casarse dentro de pocos días ya pudiera decirle alguna cosa que... Además, que hay ciertos modos de explicarse...

DOÑA IRENE: Conmigo usa de más franqueza. A cada instante hablamos de usted, y en todo manifiesta el particular cariño que a usted le tiene... ¡Con qué juicio hablaba ayer noche, después que usted se fue a recoger! No sé lo que hubiera dado porque hubiese podido oírla.

DON DIEGO: ¿Y qué? ¿Hablaba de mí?

DOÑA IRENE: Y qué bien piensa acerca de lo preferible que es para una criatura de sus años un marido de cierta edad, experimentado, maduro y de conducta...

DON DIEGO: ¡Calle! ¿Eso decía?

DOÑA IRENE: No, esto se lo decía yo, y me escuchaba con una atención como si fuera una mujer de cuarenta años, lo mismo... ¡Buenas cosas la dije! Y ella, que tiene mucha penetración, aunque me esté mal el decirlo... ¿Pues no da lástima, señor, el ver cómo se hacen los matrimonios hoy en el día? Casan a una muchacha de quince años con un arrapiezo de dieciocho, a una de diecisiete con otro de veintidós: ella niña, sin juicio ni experiencia, y él niño también, sin asomo de cordura ni conocimiento de lo que es mundo. Pues, señor (que es lo que yo digo), ¿quién ha de gobernar la casa? ¿Quién ha de mandar a los criados? ¿Quién ha de enseñar y corregir a los hijos? Porque sucede también que estos atolondrados de chicos suelen plagarse de criaturas en un instante, que da compasión.

DON DIEGO: Cierto que es un dolor el ver rodeados de hijos a muchos que carecen del talento, de la experiencia y de la virtud que son necesarias para dirigir su educación.

DOÑA IRENE: Lo que sé decirle a usted es que aún no había cumplido los diecinueve cuando me casé de primeras nupcias con mi difunto don Epifanio, que esté en el cielo. Y era un hombre que, mejorando lo presente, no es posible hallarle de más respeto, más caballeroso... Y, al mismo tiempo, más divertido y decidor. Pues, para servir a usted, ya tenía los cincuenta y seis, muy largos de talle, cuando se casó conmigo.

DON DIEGO: Buena edad... No era un niño, pero...

DOÑA IRENE: Pues a eso voy... Ni a mí podía convenirme en aquel entonces un boquirrubio con los cascos a la jineta... No, señor... Y no es decir tampoco que estuviese achacoso ni quebrantado de salud, nada de eso. Sanito estaba, gracias a Dios, como una manzana; ni en su vida conoció otro mal, sino una especie de alferecía que le amagaba de cuando en cuando. Pero luego que nos casamos, dio en darle tan a menudo y tan de recio, que a los siete meses me hallé viuda y encinta de una criatura que nació después, y al cabo y al fin se me murió de alfombrilla.

DON DIEGO: ¡Oiga!... Mire usted si dejó sucesión el bueno de don Epifanio.

DOÑA IRENE: Sí, señor, pues ¿por qué no?

DON DIEGO: Lo digo porque luego saltan con... Bien que si uno hubiera de hacer caso... ¿Y fue niño o niña?

DOÑA IRENE: Un niño muy hermoso. Como una plata era el angelito.

DON DIEGO: Cierto que es consuelo tener, así, una criatura, y...

DOÑA IRENE: ¡Ay, señor! Dan malos ratos; pero ¿qué importa? Es mucho gusto, mucho.

DON DIEGO: Yo lo creo.

DOÑA IRENE: Sí, señor.

DON DIEGO: Ya se ve que será una delicia y...

DOÑA IRENE: ¡Pues no ha de ser!

DON DIEGO: Un embeleso el verlos juguetear y reír, y acariciarlos, y merecer sus fiestecillas inocentes.

DOÑA IRENE: ¡Hijos de mi vida! Veintidós he tenido en los tres matrimonios que llevo hasta ahora, de los cuales sólo esta niña me ha venido a quedar; pero le aseguro a usted que...

ESCENA V

SIMÓN, DOÑA IRENE, DON DIEGO

SIMÓN: *(Sale por la puerta del foro.)* Señor, el mayoral está esperando.

DON DIEGO: Dile que voy allá… ¡Ah!, tráeme primero el sombrero y el bastón, que quisiera dar una vuelta por el campo. *(Entra* SIMÓN *al cuarto de* DON DIEGO, *saca un sombrero y un bastón, se los da a su amo, y al fin de la escena se va con él por la puerta del foro.)* Con que ¿supongo que mañana tempranito saldremos?

DOÑA IRENE: No hay dificultad. A la hora que a usted le parezca.

DON DIEGO: A eso de las seis, ¿eh?

DOÑA IRENE: Muy bien.

DON DIEGO: El sol nos da de espaldas… Le diré que venga una media hora antes.

DOÑA IRENE: Sí, que hay mil chismes que acomodar.

ESCENA VI

DOÑA IRENE, RITA

DOÑA IRENE: ¡Válgame Dios! Ahora que me acuerdo... ¡Rita!... Me le habrán dejado morir. ¡Rita!

RITA: Señora. *(Saca debajo del brazo sábanas y almohadas.)*

DOÑA IRENE: ¿Qué has hecho del tordo? ¿Le diste de comer?

RITA: Sí, señora. Más ha comido que un avestruz. Ahí le puse en la ventana del pasillo.

DOÑA IRENE: ¿Hiciste las camas?

RITA: La de usted ya está. Voy a hacer esotras antes que anochezca, porque, si no, como no hay más alumbrado que el del candil y no tiene garabato, me veo perdida.

DOÑA IRENE: Y aquella chica, ¿qué hace?

RITA: Está desmenuzando un bizcocho para dar de cenar a don Periquito.

DOÑA IRENE: ¡Qué pereza tengo de escribir! *(Se levanta y se entra en su cuarto.)* Pero es preciso, que estará con mucho cuidado la pobre Circuncisión.

RITA: ¡Qué chapucerías! No ha dos horas, como quien dice, que salimos de allá, y ya empiezan a ir y venir correos. ¡Qué poco me gustan a mí las mujeres gazmoñas y zalameras!

(Éntrase en el cuarto de DOÑA FRANCISCA.*)*

ESCENA VII

CALAMOCHA

CALAMOCHA: *(Sale por la puerta del foro con unas maletas, botas y látigo. Lo deja todo sobre la mesa y se sienta.)* ¡Con que ha de ser el número tres! Vaya en gracia… Ya, ya conozco el tal número tres. Colección de bichos más abundante no la tiene el Gabinete de Historia Natural… Miedo me da de entrar… ¡Ay! ¡ay!… ¡Y qué agujetas! Éstas sí que son agujetas… Paciencia, pobre Calamocha, paciencia… Y gracias a que los caballitos dijeron no podemos más, que, si no, por esta vez no veía yo el número tres, ni las plagas de Faraón que tiene dentro… En fin, como los animales amanezcan vivos, no será poco… Reventados están… *(Canta* RITA *desde adentro.* CALAMOCHA *se levanta desperezándose.)* ¡Oiga!… ¿Seguidillitas?… Y no canta mal… Vaya, aventura tenemos… ¡Ay, qué desvencijado estoy!

ESCENA VIII

RITA, CALAMOCHA

RITA: Mejor es cerrar, no sea que nos alivien de ropa, y... *(Forcejeando para echar la llave.)* Pues cierto que está bien acondicionada la llave.

CALAMOCHA: ¿Gusta usted de que eche una mano, mi vida?

RITA: Gracias, mi alma.

CALAMOCHA: ¡Calle!... ¡Rita!

RITA: ¡Calamocha!

CALAMOCHA: ¿Qué hallazgo es éste?

RITA: ¿Y tu amo?

CALAMOCHA: Los dos acabamos de llegar.

RITA: ¿De veras?

CALAMOCHA: No, que es chanza. Apenas recibió la carta de doña Paquita, yo no sé adónde fue, ni con quién habló, ni cómo lo dispuso; sólo sé decirte que aquella tarde salimos de Zaragoza. Hemos venido como dos centellas por ese camino. Llegamos esta mañana a Guadalajara, y a las primeras diligencias nos hallamos con que los pájaros volaron ya. A caballo otra vez, y vuelta a correr y a sudar y a dar chasquidos... En suma, molidos los rocines y nosotros a medio moler, hemos parado aquí con ánimo de salir mañana... Mi teniente se ha ido al Colegio Mayor a ver a un amigo, mientras se dispone algo que cenar... Ésta es la historia.

RITA: ¿Con que le tenemos aquí?

CALAMOCHA: Y enamorado más que nunca, celoso, amenazando vidas... Aventurado a quitar el hipo a cuantos le disputen la posesión de su Currita idolatrada.

RITA: ¿Qué dices?

CALAMOCHA: Ni más ni menos.

RITA: ¡Qué gusto me das!... Ahora sí se conoce que la tiene amor.

CALAMOCHA: ¿Amor?... ¡Friolera!... El moro Gazul fue para con él un pelele, Medoro un zascandil y Gaiferos un chiquillo de la doctrina.

RITA: ¡Ay, cuando la señorita lo sepa!

CALAMOCHA: Pero, acabemos. ¿Cómo te hallo aquí? ¿Con quién estás?... ¿Cuándo llegaste?... Que...

RITA: Yo te lo diré. La madre de doña Paquita dio en escribir cartas y más cartas, diciendo que tenía concertado su casamiento en Madrid con un caballero rico, honrado, bienquisto, en suma, cabal y perfecto, que no había más que apetecer. Acosada la señorita con tales propuestas, y angustiada incesantemente con los sermones de aquella bendita monja, se vio en la necesidad de responder que estaba pronta a todo lo que la mandasen... Pero no te puedo ponderar cuánto lloró la pobrecita, qué afligida estuvo. Ni quería comer, ni podía dormir... Y al mismo tiempo era preciso disimular, para que su tía no sospechara la verdad del caso. Ello es que, cuando, pasado el primer susto, hubo lugar de discurrir escapatorias y arbitrios, no hallamos otro que el de avisar a tu amo, esperando que, si era su cariño tan verdadero y de buena ley como nos había ponderado, no consentiría que su pobre Paquita pasara a manos de un desconocido, y se perdiesen para siempre tantas caricias, tantas lágrimas y tantos suspiros estrellados en las tapias del corral. Apenas partió la carta a su destino, cata el coche de colleras y el mayoral Gasparet con sus medias azules, y la madre y el novio que vienen por ella; recogimos a toda prisa nuestros meriñaques, se atan los cofres, nos despedimos de aquellas buenas mujeres, y en dos latigazos llegamos antes de ayer a Alcalá. La detención ha sido para que la señorita visite a otra tía monja que tiene aquí, tan arrugada y tan sorda como la que dejamos allá. Ya la ha visto, ya la han besado bastante una por una todas las religiosas, y creo que mañana temprano saldremos. Por esta casualidad nos...

CALAMOCHA: Sí. No digas más... Pero... ¿Con que el novio está en la posada?

RITA: Ése es su cuarto *(Señalando el cuarto de* DON DIEGO, *el de* DOÑA IRENE y *el de* DOÑA FRANCISCA), éste el de la madre, y aquél el nuestro.

CALAMOCHA: ¿Cómo nuestro? ¿Tuyo y mío?

RITA: No, por cierto. Aquí dormiremos esta noche la señorita y yo; porque ayer, metidas las tres en ése de enfrente, ni cabíamos de pie, ni pudimos dormir un instante, ni respirar siquiera.

CALAMOCHA: Bien. Adiós.

(Recoge los trastos que puso sobre la mesa, en ademán de irse.)

RITA: Y ¿adónde?

CALAMOCHA: Yo me entiendo... Pero el novio ¿trae consigo criados, amigos o deudos que le quiten la primera zambullida que le amenaza?

RITA: Un criado viene con él.

CALAMOCHA: ¡Poca cosa!... Mira, dile en caridad que se disponga, porque está de peligro. Adiós.

RITA: ¿Y volverás presto?

CALAMOCHA: Se supone. Estas cosas piden diligencia y, aunque apenas puedo moverme, es necesario que mi teniente deje la visita y venga a cuidar de su hacienda, disponer el entierro de ese hombre, y... Con que ése es nuestro cuarto, ¿eh?

RITA: Sí. De la señorita y mío.

CALAMOCHA: ¡Bribona!

RITA: ¡Botarate! Adiós.

CALAMOCHA: Adiós, aborrecida *(Éntrase con los trastos al cuarto de* DON CARLOS).

ESCENA IX

DOÑA FRANCISCA, RITA

RITA: ¡Qué malo es!... Pero... ¡Válgame Dios! ¡Don Félix aquí! Sí, la quiere, bien se conoce... *(Sale* CALAMOCHA *del cuarto de* DON CARLOS y *se va por la puerta del foro.)* ¡Oh! Por más que digan, los hay muy finos, y entonces, ¿qué ha de hacer una?... Quererlos, no tiene remedio, quererlos... Pero ¿qué dirá la señorita cuando le vea, que está ciega por él? ¡Pobrecilla! ¿Pues no sera una lástima que...? Ella es. *(Sale* DOÑA FRANCISCA.)

DOÑA FRANCISCA: ¡Ay, Rita!

RITA: ¿Qué es eso? ¿Ha llorado usted?

DOÑA FRANCISCA: ¿Pues no he de llorar? Si vieras mi madre... Empeñada está en que he de querer mucho a ese hombre... Si ella supiera lo que sabes tú, no me mandaría cosas imposibles... Y que es tan bueno, y que es rico, y que me irá tan bien con él... Se ha enfadado tanto, y me ha llamado picarona, inobediente... ¡Pobre de mí! Porque no miento ni sé fingir, por eso me llaman picarona.

RITA: Señorita, por Dios, no se aflija usted.

DOÑA FRANCISCA: Ya, como tú no la has oído... Y dice que don Diego se queja de que yo no le digo nada... Harto le digo, y bien he procurado hasta ahora mostrarme contenta delante de él, que no lo estoy por cierto, y reírme y hablar niñerías... Y todo por dar gusto a mi madre, que si no… Pero bien sabe la Virgen que no me sale del corazón.

(Se va oscureciendo lentamente el teatro.)

RITA: Vaya, vamos, que no hay motivo todavía para tanta angustia… ¡Quién sabe!… ¿No se acuerda usted ya de aquel día de asueto que tuvimos el año pasado en la casa de campo del intendente?

DOÑA FRANCISCA: ¡Ay! ¿Cómo puedo olvidarlo?… Pero, ¿qué me vas a contar?

RITA: Quiero decir que aquel caballero que vimos allí con aquella cruz verde, tan galán, tan fino…

DOÑA FRANCISCA: ¡Qué rodeos!… Don Félix. ¿Y qué?

RITA: Que nos fue acompañando hasta la ciudad…

DOÑA FRANCISCA: Y bien… Y luego volvió, y le vi, por mi desgracia, muchas veces… mal aconsejada de ti.

RITA: ¿Por qué, señora?… ¿A quién dimos escándalo? Hasta ahora nadie lo ha sospechado en el convento. Él no entró jamás por las puertas, y, cuando de noche hablaba con usted, mediaba entre los dos una distancia tan grande, que usted la maldijo no pocas veces… Pero esto no es del caso. Lo que voy a decir es que un amante como aquél no es posible que se olvide tan presto de su querida Paquita… Mire usted que todo cuanto hemos leído a hurtadillas en las novelas no equivale a lo que hemos visto en él… ¿Se acuerda usted de aquellas tres palmadas que se oían entre once y doce de la noche, de aquella sonora punteada con tanta delicadeza y expresión?

DOÑA FRANCISCA: ¡Ay, Rita! Sí, de todo me acuerdo, y mientras viva conservaré la memoria... Pero está ausente... Y entretenido acaso con nuevos amores.

RITA: Eso no lo puedo yo creer.

DOÑA FRANCISCA: Es hombre al fin, y todos ellos...

RITA: ¡Qué bobería! Desengáñese usted, señorita. Con los hombres y las mujeres sucede lo mismo que con los melones de Añover. Hay de todo; la dificultad está en saber escogerlos. El que se lleve chasco en la elección quéjese de su mala suerte, pero no desacredite la mercancía... Hay hombres muy embusteros, muy picarones; pero no es creíble que lo sea el que ha dado pruebas tan repetidas de perseverancia y amor. Tres meses duró el terrero y la conversación a oscuras, y, en todo aquel tiempo, bien sabe usted que no vimos en él una acción descompuesta, ni oímos de su boca una palabra indecente ni atrevida.

DOÑA FRANCISCA: Es verdad. Por eso le quise tanto, por eso le tengo tan fijo aquí... aquí... *(Señalando el pecho.)* ¿Qué habrá dicho al ver la carta?... ¡Oh! Yo bien sé lo que habrá dicho... ¡Válgate Dios! ¡Es lástima! Cierto. ¡Pobre Paquita!... Y se acabó... No habrá dicho más... Nada más.

RITA: No, señora, no ha dicho eso.

DOÑA FRANCISCA: ¿Qué sabes tú?

RITA: Bien lo sé. Apenas haya leído la carta, se habrá puesto en camino, y vendrá volando a consolar a su amiga... Pero... *(Acercándose a la puerta del cuarto de* DOÑA IRENE.)

DOÑA FRANCISCA: ¿A dónde vas?

RITA: Quiero ver si...

DOÑA FRANCISCA: Está escribiendo.

RITA: Pues ya presto habrá de dejarlo, que empieza a anochecer... Señorita, lo que la he dicho a usted es la verdad pura. Don Félix está ya en Alcalá.

DOÑA FRANCISCA: ¿Qué dices? No me engañes.

RITA: Aquél es su cuarto... Calamocha acaba de hablar conmigo.

DOÑA FRANCISCA: ¿De veras?

RITA: Sí, señora... Y le ha ido a buscar para...

DOÑA FRANCISCA: Con que ¿me quiere?... ¡Ay, Rita! Mira tú si hicimos bien de avisarle... Pero ¿ves qué fineza?... ¿Si vendrá bueno? ¡Correr tantas leguas sólo por verme..., porque yo se lo mando!... ¡Qué agradecida le debo estar!... ¡Oh!, yo le prometo que no se quejará de mí. Para siempre agradecimiento y amor.

RITA: Voy a traer luces. Procuraré detenerme por allá abajo hasta que vuelvan... Veré lo que dice y qué piensa hacer, porque, hallándonos todos aquí, pudiera haber una de Satanás entre la madre, la hija, el novio y el amante; y, si no ensayamos bien esta contradanza, nos hemos de perder en ella.

DOÑA FRANCISCA: Dices bien... Pero no; él tiene resolución y talento, y sabrá determinar lo más conveniente... Y ¿cómo has de avisarme?... Mira que así que llegue le quiero ver.

RITA: No hay que dar cuidado. Yo le traeré por acá, y en dándome aquella tosecilla seca... ¿Me entiende usted?

DOÑA FRANCISCA: Sí, bien.

RITA: Pues entonces no hay más que salir con cualquiera excusa. Yo me quedaré con la señora mayor; la hablaré de todos sus maridos y de sus concuñados, y del obispo que murió en el mar... Además, que si está allí Don Diego...

DOÑA FRANCISCA: Bien, anda; y así que llegue...

RITA: Al instante.

DOÑA FRANCISCA: Que no se te olvide toser.

RITA: No haya miedo.

DOÑA FRANCISCA: ¡Si vieras qué consolada estoy!

RITA: Sin que usted lo jure lo creo.

DOÑA FRANCISCA: ¿Te acuerdas, cuando me decía que era imposible apartarme de su memoria, que no habría peligros que le detuvieran, ni dificultades que no atropellara por mí?

RITA: Sí, bien me acuerdo.

DOÑA FRANCISCA: ¡Ah!... Pues mira cómo me dijo la verdad.

(DOÑA FRANCISCA *se va al cuarto de* DOÑA IRENE; RITA, *por la puerta del foro.)*

ACTO SEGUNDO

ESCENA PRIMERA

(Se irá oscureciendo lentamente el teatro, hasta que al principio de la escena tercera vuelve a iluminarse.)

DOÑA FRANCISCA: Nadie parece aún... (DOÑA FRANCISCA *se acerca a la puerta del foro y vuelve.)* ¡Qué impaciencia tengo!... Y dice mi madre que soy una simple, que sólo pienso en jugar y reír, y que no sé lo que es amor... Sí, diecisiete años, y no cumplidos; pero ya sé lo que es querer bien, y la inquietud y las lágrimas que cuesta.

ESCENA II

DOÑA IRENE, DOÑA FRANCISCA

DOÑA IRENE: Sola y a oscuras me habéis dejado allí.

DOÑA FRANCISCA: Como estaba usted acabando su carta, mamá, por no estorbarla me he venido aquí, que está mucho más fresco.

DOÑA IRENE: Pero aquella muchacha, ¿qué hace que no trae una luz? Para cualquiera cosa se está un año. Y yo que tengo un genio como una pólvora... *(Siéntase.)* Sea todo por Dios... ¿Y don Diego? ¿No ha venido?

DOÑA FRANCISCA: Me parece que no.

DOÑA IRENE: Pues cuenta, niña, con lo que te he dicho ya. Y mira que no gusto de repetir una cosa dos veces. Este caballero está sentido, y con muchísima razón.

DOÑA FRANCISCA: Bien; sí, señora, ya lo sé. No me riña usted más.

DOÑA IRENE: No es esto reñirte, hija mía, esto es aconsejarte. Porque como tú no tienes conocimiento para considerar el bien que se nos ha entrado por las puertas... y lo atrasada que me coge, que yo no sé lo que hubiera sido de tu pobre madre... Siempre cayendo y levantando... Médicos, botica... Que se dejaba pedir aquel caribe de don Bruno (Dios le haya coronado de gloria) los veinte y los treinta reales por cada papelillo de píldoras de coloquíntida y asafétida... Mira que un casamiento como el que vas hacer muy pocas le consiguen. Bien que a las oraciones de tus tías, que son unas bienaventuradas, debemos agradecer esta fortuna, y no a tus méritos ni a mi diligencia… ¿Qué dices?

DOÑA FRANCISCA: Yo, nada, mamá.

DOÑA IRENE: Pues nunca dices nada. ¡Válgame Dios, señor!… En hablándote de esto, no te ocurre nada que decir.

ESCENA III

DOÑA IRENE, DOÑA FRANCISCA, RITA

(Sale RITA *por la puerta del foro con luces y las pone encima de la mesa.)*

DOÑA IRENE: Vaya, mujer, yo pensé que en toda la noche no venías.

RITA: Señora, he tardado porque han tenido que ir a comprar las velas. Como el tufo del velón la hace a usted tanto daño...

DOÑA IRENE: Seguro que me hace muchísimo mal, con esta jaqueca que padezco... Los parches de alcanfor al cabo tuve que quitármelos, ¡si no me sirvieron de nada! Con las obleas me parece que me va mejor... Mira, deja una luz ahí y llévate la otra a mi cuarto, y corre la cortina, no se me llene todo de mosquitos.

RITA: Muy bien. *(Toma una luz y hace que se va.)*

DOÑA FRANCISCA: *(Aparte)* ¿No ha venido?

RITA: Vendrá.

DOÑA IRENE: Oyes, aquella carta que está sobre la mesa, dásela al mozo de la posada para que la lleve al instante al correo... *(Vase* RITA *al cuarto de* DOÑA IRENE.) Y tú, niña, ¿qué has de cenar? Porque será menester recogernos presto para salir mañana de madrugada.

DOÑA FRANCISCA: Como las monjas me hicieron merendar...

DOÑA IRENE: Con todo eso... Siquiera unas sopas del puchero para el abrigo del estómago... *(Sale*

RITA *con una carta en la mano, y hasta el fin de la escena hace que se va y vuelve, según lo indica el diálogo.)* Mira, has de calentar el caldo que apartamos al medio día, y haznos un par de tazas de sopas, y tráetelas luego que estén.

RITA: ¿Y nada más?

DOÑA IRENE: No, nada más… ¡Ah!, y házmelas bien calditas.

RITA: Sí, ya lo sé.

DOÑA IRENE: Rita.

RITA: *(Aparte.)* Otra. ¿Qué manda usted?

DOÑA IRENE: Encarga mucho al mozo que lleve la carta al instante… Pero no, señor; mejor es… No quiero que la lleve él, que son unos borrachones, que no se les puede… Has de decir a Simón que digo yo que me haga el gusto de echarla en el correo. ¿Lo entiendes?

RITA: Sí, señora.

DOÑA IRENE: ¡Ah!, mira.

RITA: *(Aparte.)* Otra.

DOÑA IRENE: Bien que ahora no corre prisa… Es menester que luego me saques de ahí al tordo y colgarle por aquí, de modo que no se caiga y se me lastime… *(Vase* RITA *por la puerta del foro.)* ¡Qué noche tan mala me dio!… ¡Pues no se estuvo el animal toda la noche de Dios rezando el Gloria Patri y la oración del Santo Sudario!… Ello, por otra parte, edificaba, cierto; pero, cuando se trata de dormir…

ESCENA IV

DOÑA IRENE, DOÑA FRANCISCA

DOÑA IRENE: Pues mucho será que Don Diego no haya tenido algún encuentro por ahí, y eso le detenga. Cierto que es un señor muy mirado, muy puntual... ¡Tan buen cristiano! ¡Tan atento! ¡Tan bien hablado! ¡Y con qué garbo y generosidad se porta!... Ya se ve, un sujeto de bienes y de posibles... ¡Y qué casa tiene! Como un ascua de oro la tiene... Es mucho aquello. ¡Qué ropa blanca! ¡Qué batería de cocina! ¡Y qué despensa, llena de cuanto Dios crió!... Pero tú no parece que atiendes a lo que estoy diciendo.

DOÑA FRANCISCA: Sí, señora, bien lo oigo; pero no la quería interrumpir a usted.

DOÑA IRENE: Allí estarás, hija mía, como el pez en el agua; pajaritas del aire que apetecieras las tendrías, porque como él te quiere tanto, y es un caballero tan de bien y tan temeroso de Dios... Pero mira, Francisquita, que me cansa de veras el que siempre que te hablo de esto hayas dado en la flor de no responderme palabra... ¡Pues no es cosa particular, señor!

DOÑA FRANCISCA: Mamá, no se enfade usted.

DOÑA IRENE: No es buen empeño de... ¿Y te parece a ti que no sé yo muy bien de dónde viene todo eso?... ¿No ves que conozco las locuras que se te han metido en esa cabeza de chorlito?... ¡Perdóneme Dios!

DOÑA FRANCISCA: Pero... Pues ¿qué sabe usted?

DOÑA IRENE: ¿Me quieres engañar a mí, eh? ¡Ay, hija! He vivido mucho, y tengo yo mucha trastienda y mucha penetración para que tú me engañes.

DOÑA FRANCISCA: *(Aparte.)* ¡Perdida soy!

DOÑA IRENE: Sin contar con su madre... Como si tal madre no tuviera... Yo te aseguro que, aunque no hubiera sido con esta ocasión, de todos modos era ya necesario sacarte del convento. Aunque hubiera tenido que ir a pie y sola por ese camino, te hubiera sacado de allí... ¡Mire usted qué juicio de niña éste! Que, porque ha vivido un poco de tiempo entre monjas, ya se la puso en la cabeza el ser ella monja también... Ni qué entiende ella de eso, ni qué... En todos los estados se sirve a Dios, Frasquita; pero el complacer a su madre, asistirla, acompañarla y ser el consuelo de sus trabajos, ésa es la primera obligación de una hija obediente... Y sépalo usted, si no lo sabe.

DOÑA FRANCISCA: Es verdad, mamá... Pero yo nunca he pensado abandonarla a usted.

DOÑA IRENE: Sí, que no sé yo...

DOÑA FRANCISCA: No, señora. Créame usted. La Paquita nunca se apartará de su madre, ni la dará disgustos.

DOÑA IRENE: Mira si es cierto lo que dices.

DOÑA FRANCISCA: Sí, señora, que yo no sé mentir.

DOÑA IRENE: Pues, hija, ya sabes lo que te he dicho. Ya

ves lo que pierdes, y la pesadumbre que me darás si no te portas en un todo como corresponde... Cuidado con ello.

DOÑA FRANCISCA: *(Aparte.)* ¡Pobre de mí!

ESCENA V

DON DIEGO, DOÑA IRENE, DOÑA FRANCISCA

(Sale DON DIEGO *por la puerta del foro, y deja sobre la mesa sombrero y bastón.)*

DOÑA IRENE: Pues ¿cómo tan tarde?

DON DIEGO: Apenas salí tropecé con el rector de Málaga [Padre Guardián de San Diego] y el doctor Padilla, y hasta que me han hartado bien de chocolate y bollos no me han querido soltar… *(Siéntase junto a* DOÑA IRENE.*)* Y a todo esto, ¿cómo va?

DOÑA IRENE: Muy bien.

DON DIEGO: ¿Y doña Paquita?

DOÑA IRENE: Doña Paquita, siempre acordándose de sus monjas. Ya la digo que es tiempo de mudar de bisiesto, y pensar sólo en dar gusto a su madre y obedecerla.

DON DIEGO: ¡Qué diantre! ¿Con que tanto se acuerda de…?

DOÑA IRENE: ¿Qué se admira usted? Son niñas… No saben lo que quieren, ni lo que aborrecen… En una edad así, tan…

DON DIEGO: No, poco a poco, eso no. Precisamente en esa edad son las pasiones algo más enérgicas y decisivas que en la nuestra, y, por cuanto la razón se halla todavía imperfecta y débil, los ímpetus del corazón son mucho más violentos… *(Asiendo de una mano a* DOÑA FRANCISCA, *la hace sentar in-*

mediata a él.) Pero de veras, doña Paquita, ¿se volvería usted al convento de buena gana?... La verdad.

DOÑA IRENE: Pero si ella no...

DON DIEGO: Déjela usted, señora, que ella responderá.

DOÑA FRANCISCA: Bien sabe usted lo que acabo de decirla... No permita Dios que yo la dé que sentir.

DON DIEGO: Pero eso lo dice usted tan afligida y...

DOÑA IRENE: Si es natural, señor. ¿No ve usted que...?

DON DIEGO: Calle usted, por Dios, doña Irene, y no me diga usted a mí lo que es natural. Lo que es natural es que la chica esté llena de miedo, y no se atreva a decir una palabra que se oponga a lo que su madre quiere que diga... Pero, si esto hubiese, por vida mía, que estábamos lucidos.

DOÑA FRANCISCA: No, señor, lo que dice su merced, eso digo yo, lo mismo. Porque en todo lo que me manda la obedeceré.

DON DIEGO: ¡Mandar, hija mía!... En estas materias tan delicadas los padres que tienen juicio no mandan. Insinúan, proponen, aconsejan; eso sí, todo eso sí; ¡pero mandar!... ¿Y quién ha de evitar después las resultas funestas de lo que mandaron?... Pues ¿cuántas veces vemos matrimonios infelices, uniones monstruosas, verificadas solamente porque un padre tonto se metió a mandar lo que no debiera?... [¿Cuántas veces una desdichada mujer halla anticipada la muerte en el encierro de un claustro, porque su madre o su tío se empeñaron en regalar a Dios lo que Dios no quería?] ¡Eh!

No, señor; eso no va bien… Mire usted, doña Paquita, yo no soy de aquellos hombres que se disimulan los defectos. Yo sé que ni mi figura ni mi edad son para enamorar perdidamente a nadie; pero tampoco he creído imposible que una muchacha de juicio y bien criada llegase a quererme con aquel amor tranquilo y constante que tanto se parece a la amistad, y es el único que puede hacer los matrimonios felices. Para conseguirlo, no he ido a buscar ninguna hija de familia de éstas que viven en una decente libertad… Decente, que yo no culpo lo que no se opone al ejercicio de la virtud. Pero, ¿cuál sería entre todas ellas la que no estuviese ya prevenida en favor de otro amante más apetecible que yo? Y en Madrid, ¡figúrese usted en un Madrid!… Lleno de estas ideas, me pareció que tal vez hallaría en usted todo cuanto yo deseaba.…

DOÑA IRENE: Y puede usted creer, señor Don Diego, que…

DON DIEGO: Voy a acabar, señora, déjeme usted acabar. Yo me hago cargo, querida Paquita, de lo que habrán influido en una niña tan bien inclinada como usted las santas costumbres que ha visto practicar en aquel inocente asilo de la devoción y la virtud; pero, si a pesar de todo esto, la imaginación acalorada, las circunstancias imprevistas la hubiesen hecho elegir sujeto más digno, sepa usted que yo no quiero nada con violencia. Yo soy ingenuo; mi corazón y mi lengua no se contradicen jamás. Esto mismo la pido a usted, Paquita: sinceridad. El cariño que a usted la tengo no la debe hacer infeliz... Su madre de usted no es capaz de querer una injusticia, y sabe muy bien que a nadie se le hace dichoso por fuerza. Si usted no halla en mí prendas que la inclinen, si siente algún otro cuidadillo en su corazón, créame usted, la menor disimulación en esto nos daría a todos muchísimo que sentir.

DOÑA IRENE: ¿Puedo hablar ya, señor?

DON DIEGO: Ella, ella debe hablar, y sin apuntador y sin intérprete.

DOÑA IRENE: Cuando yo se lo mande.

DON DIEGO: Pues ya puede usted mandárselo, porque a ella la toca responder... Con ella he de casarme, con usted no.

DOÑA IRENE: Yo creo, señor don Diego, que ni con ella ni conmigo. ¿En qué concepto nos tiene usted?... Bien dice su padrino, y bien claro me lo escribió pocos días ha, cuando le di parte de este casamiento. Que, aunque no la ha vuelto a ver desde que la tuvo en la pila, la quiere muchísimo; y a cuantos pasan por el Burgo de Osma les pregunta cómo está, y continuamente nos envía memorias con el ordinario.

DON DIEGO: Y bien, señora, ¿qué escribió el padrino?... O, por mejor decir, ¿qué tiene que ver nada de eso con lo que estamos hablando?

DOÑA IRENE: Sí señor que tiene que ver, sí señor. Y, aunque yo lo diga, le aseguro a usted que ni un padre de Atocha hubiera puesto una carta mejor que la que él me envió sobre el matrimonio de la niña... Y no es ningún catedrático, ni bachiller, ni nada de eso, sino un cualquiera, como quien dice, un hombre de capa y espada, con un empleíllo infeliz en el ramo del viento, que apenas le da para comer... Pero es muy ladino, y sabe de todo, y tiene una labia y escribe que da gusto... Cuasi toda la carta venía en latín, no le parezca a usted, y muy buenos consejos que me daba en ella... Que no es posible sino que adivinase lo que nos está sucediendo.

DON DIEGO: Pero, señora, si no sucede nada, ni hay cosa que a usted la deba disgustar.

DOÑA IRENE: Pues ¿no quiere usted que me disguste oyéndole hablar de mi hija en unos términos que...? ¡Ella otros amores ni otros cuidados!... Pues si tal hubiera... ¡Válgame Dios!... La mataba a golpes, mire usted... Respóndele, una vez que quiere que hables, y que yo no chiste. Cuéntale los novios que dejaste en Madrid cuando tenías doce años, y los que has adquirido en el convento al lado de aquella santa mujer. Díselo para que se tranquilice, y...

DON DIEGO: Yo, señora, estoy más tranquilo que usted.

DOÑA IRENE: Respóndele.

DOÑA FRANCISCA: Yo no sé qué decir. Si ustedes se enfadan...

DON DIEGO: No, hija mía; esto es dar alguna expresión a lo que se dice; pero enfadarnos no, por cierto. Doña Irene sabe lo que yo la estimo.

DOÑA IRENE: Sí, señor, que lo sé, y estoy sumamente agradecida a los favores que usted nos hace... Por eso mismo...

DON DIEGO: No se hable de agradecimiento; cuanto yo puedo hacer, todo es poco... Quiero sólo que doña Paquita esté contenta.

DOÑA IRENE: ¿Pues no ha de estarlo? Responde.

DOÑA FRANCISCA: Sí, señor, que lo estoy.

DON DIEGO: Y que la mudanza de estado que se la previene no la cueste el menor sentimiento.

DOÑA IRENE: No, señor, todo al contrario... Boda más a gusto de todos no se pudiera imaginar.

DON DIEGO: En esa inteligencia, puedo asegurarla que no tendrá motivos de arrepentirse después. En nuestra compañía vivirá querida y adorada, y espero que a fuerza de beneficios he de merecer su estimación y su amistad.

DOÑA FRANCISCA: Gracias, señor don Diego... ¡A una huérfana, pobre, desvalida como yo!...

DON DIEGO: Pero de prendas tan estimables, que la hacen a usted digna todavía de mayor fortuna.

DOÑA IRENE: Ven aquí, ven... Ven aquí, Paquita.

DOÑA FRANCISCA: ¡Mamá! *(Levántase, abraza a su madre y se acarician mutuamente.)*

DOÑA IRENE: ¿Ves lo que te quiero?

DOÑA FRANCISCA: Sí, señora.

DOÑA IRENE: ¿Y cuánto procuro tu bien, que no tengo otro pío sino el verte colocada antes que yo falte?

DOÑA FRANCISCA: Bien lo conozco.

DOÑA IRENE: ¡Hija de mi vida! ¿Has de ser buena?

DOÑA FRANCISCA: Sí, señora.

DOÑA IRENE: ¡Ay, que no sabes tú lo que te quiere tu madre!

DOÑA FRANCISCA: Pues ¿qué? ¿No la quiero yo a usted?

DON DIEGO: Vamos, vamos de aquí. *(Levántase* DON DIEGO, *y después* DOÑA IRENE) No venga alguno y nos halle a los tres llorando como tres chiquillos.

DOÑA IRENE: Sí, dice usted bien.

(Vanse los dos al cuarto de DOÑA IRENE. DOÑA FRANCISCA *va detrás, y* RITA, *que sale por la puerta del foro, la hace detener.)*

ESCENA VI

DOÑA FRANCISCA, RITA

RITA: Señorita... ¡Eh!, chit... señorita...

DOÑA FRANCISCA: ¿Qué quieres?

RITA: Ya ha venido.

DOÑA FRANCISCA: ¿Cómo?

RITA: Ahora mismo acaba de llegar. Le he dado un abrazo con licencia de usted, y ya sube por la escalera.

DOÑA FRANCISCA: ¡Ay, Dios!... Y ¿qué debo hacer?

RITA: ¡Donosa pregunta!... Vaya, lo que importa es no gastar el tiempo en melindres de amor... Al asunto... y juicio... Y mire usted que en el paraje en que estamos la conversación no puede ser muy larga... Ahí está.

DOÑA FRANCISCA: Sí... Él es.

RITA: Voy a cuidar de aquella gente... Valor, señorita, y resolución. (RITA *se va al cuarto de* DOÑA IRENE.)

DOÑA FRANCISCA: No, no, que yo también... Pero no lo merece.

ESCENA VII

DON CARLOS, DOÑA FRANCISCA

(Sale DON CARLOS *por la puerta del foro.)*

DON CARLOS: ¡Paquita!... ¡Vida mía! Ya estoy aquí... ¿Cómo va, hermosa, cómo va?

DOÑA FRANCISCA: Bien venido.

DON CARLOS: ¿Cómo tan triste?... ¿No merece mi llegada más alegría?

DOÑA FRANCISCA: Es verdad, pero acaban de sucederme cosas que me tienen fuera de mí... Sabe usted... Sí, bien lo sabe usted... Después de escrita aquella carta, fueron por mí... Mañana a Madrid... Ahí está mi madre.

DON CARLOS: ¿En dónde?

DOÑA FRANCISCA: Ahí, en ese cuarto. *(Señalando al cuarto de* DOÑA IRENE.)

DON CARLOS: ¿Sola?

DOÑA FRANCISCA: No, señor.

DON CARLOS: Estará en compañía del prometido esposo. *(Se acerca al cuarto de* DOÑA IRENE, *se detiene y vuelve.)* Mejor... Pero, ¿no hay nadie más con ella?

DOÑA FRANCISCA: Nadie más, solos están... ¿Qué piensa usted hacer?

DON CARLOS: Si me dejase llevar de mi pasión y de lo que esos ojos me inspiran, una temeridad... Pero tiempo hay... Él también será hombre de honor, y no es justo insultarle porque quiere bien a una mujer tan digna de ser querida... Yo no conozco a su madre de usted ni... Vamos, ahora nada se puede hacer... Su decoro de usted merece la primera atención.

DOÑA FRANCISCA: Es mucho el empeño que tiene en que me case con él.

DON CARLOS: No importa.

DOÑA FRANCISCA: Quiere que esta boda se celebre así que lleguemos a Madrid.

DON CARLOS: ¿Cuál?... No. Eso no.

DOÑA FRANCISCA: Los dos están de acuerdo, y dicen...

DON CARLOS: Bien... Dirán... Pero no puede ser.

DOÑA FRANCISCA: Mi madre no me habla continuamente de otra materia. Me amenaza, me ha llenado de temor... Él insta por su parte, me ofrece tantas cosas, me...

DON CARLOS: Y usted, ¿qué esperanza le da?... ¿Ha prometido quererle mucho?

DOÑA FRANCISCA: ¡Ingrato!... Pues ¿no sabe usted que...? ¡Ingrato!

DON CARLOS: Sí, no lo ignoro, Paquita... Yo he sido el primer amor.

DOÑA FRANCISCA: Y el último.

DON CARLOS: Y antes perderé la vida que renunciar al lugar que tengo en ese corazón... Todo él es mío... ¿Digo bien? *(Asiéndola de las manos.)*

DOÑA FRANCISCA: ¿Pues de quién ha de ser?

DON CARLOS: ¡Hermosa! ¡Qué dulce esperanza me anima!... Una sola palabra de esa boca me asegura... Para todo me da valor... En fin, ya estoy aquí... ¿Usted me llama para que la defienda, la libre, la cumpla una obligación mil y mil veces prometida? Pues a eso mismo vengo yo... Si ustedes se van a Madrid mañana, yo voy también. Su madre de usted sabrá quién soy... Allí puedo contar con el favor de un anciano respetable y virtuoso, a quien más que tío debo llamar amigo y padre. No tiene otro deudo más inmediato ni más querido que yo; es hombre muy rico, y, si los dones de la fortuna tuviesen para usted algún atractivo, esta circunstancia añadiría felicidades a nuestra unión.

DOÑA FRANCISCA: Y ¿qué vale para mí toda la riqueza del mundo?

DON CARLOS: Ya lo sé. La ambición no puede agitar a un alma tan inocente.

DOÑA FRANCISCA: Querer y ser querida... Ni apetezco más ni conozco mayor fortuna.

DON CARLOS: Ni hay otra... Pero usted debe serenarse, y esperar que la suerte mude nuestra aflicción presente en durables dichas.

DOÑA FRANCISCA: Y ¿qué se ha de hacer para que a mi pobre madre no la cueste una pesadumbre?... ¡Me quiere tanto!... Si acabo de decirla que no la disgustaré, ni me apartaré de su lado jamás; que siempre seré obediente y buena... ¡Y me abrazaba con tanta ternura! Quedó tan consolada con lo poco que acerté a decirla... Yo no sé, no sé qué camino ha de hallar usted para salir de estos ahogos.

DON CARLOS: Yo le buscaré... ¿No tiene confianza en mí?

DOÑA FRANCISCA: Pues ¿no he de tenerla? ¿Piensa usted que estuviera yo viva si esa esperanza no me animase? Sola y desconocida de todo el mundo, ¿qué había yo de hacer? Si usted no hubiese venido, mis melancolías me hubieran muerto, sin tener a quién volver los ojos, ni poder comunicar a nadie la causa de ellas... Pero usted ha sabido proceder como caballero y amante, y acaba de darme con su venida la prueba mayor de lo mucho que me quiere. *(Se enternece y llora.)*

DON CARLOS: ¡Qué llanto!... ¡Cómo persuade!... Sí, Paquita, yo solo basto para defenderla a usted de cuantos quieran oprimirla. A un amante favorecido, ¿quién puede oponérsele? Nada hay que temer.

DOÑA FRANCISCA: ¿Es posible?

DON CARLOS: Nada... Amor ha unido nuestras almas en estrechos nudos, y sólo la muerte bastará a dividirlas.

ESCENA VIII

RITA, DON CARLOS, DOÑA FRANCISCA

RITA: Señorita, adentro. La mamá pregunta por usted. Voy a traer la cena, y se van a recoger al instante... Y usted, señor galán, ya puede también disponer de su persona.

DON CARLOS: Sí, que no conviene anticipar sospechas... Nada tengo que añadir.

DOÑA FRANCISCA: Ni yo.

DON CARLOS: Hasta mañana. Con la luz del día veremos a este dichoso competidor.

RITA: Un caballero muy honrado, muy rico, muy prudente; con su chupa larga, su camisola limpia y sus sesenta años debajo del peluquín.

(Se va por la puerta del foro.)

DOÑA FRANCISCA: Hasta mañana.

DON CARLOS: Adiós, Paquita.

DOÑA FRANCISCA: Acuéstese usted, y descanse.

DON CARLOS: ¿Descansar con celos?

DOÑA FRANCISCA: ¿De quién?

DON CARLOS: Buenas noches... Duerma usted bien, Paquita.

DOÑA FRANCISCA: ¿Dormir con amor?

DON CARLOS: Adiós, vida mía.

DOÑA FRANCISCA: Adiós.

(Éntrase al cuarto de DOÑA IRENE.*)*

ESCENA IX

DON CARLOS, CALAMOCHA, RITA

DON CARLOS: ¡Quitármela! *(Paseándose con inquietud.)* No... Sea quien fuere, no me la quitará. Ni su madre ha de ser tan imprudente que se obstine en verificar este matrimonio repugnándolo su hija... mediando yo... ¡Sesenta años!... Precisamente será muy rico... ¡El dinero!... Maldito él sea, que tantos desórdenes origina.

CALAMOCHA: *(Sale* CALAMOCHA *por la puerta del foro.)* Pues, señor, tenemos un medio cabrito asado, y..., a lo menos, parece cabrito. Tenemos una magnífica ensalada de berros, sin anapelos ni otra materia extraña, bien lavada, escurrida y condimentada por estas manos pecadoras, que no hay más que pedir. Pan de Meco, vino de la Tercia... Con que, si hemos de cenar y dormir, me parece que sería bueno...

DON CARLOS: Vamos... ¿Y adónde ha de ser?

CALAMOCHA: Abajo... Allí he mandado disponer una angosta y fementida mesa, que parece un banco de herrador.

RITA: *(Sale* RITA *por la puerta del foro con unos platos, taza, cuchara y servilleta.)* ¿Quién quiere sopas?

DON CARLOS: Buen provecho.

CALAMOCHA: Si hay alguna real moza que guste de cenar cabrito, levante el dedo.

RITA: La real moza se ha comido ya media cazuela de albondiguillas... Pero lo agradece, señor militar. *(Éntrase al cuarto de* DOÑA IRENE.)

CALAMOCHA: Agradecida te quiero yo, niña de mis ojos.

DON CARLOS: Conque, ¿vamos?

CALAMOCHA: ¡Ay, ay, ay! . . . (CALAMOCHA *se encamina a la puerta del foro, y vuelve; se acerca a* DON CARLOS *y hablan hasta el fin de la escena, en que* CALAMOCHA *se adelanta a saludar a* SIMÓN.) ¡Eh! ¡Chit! Digo...

DON CARLOS: ¿Qué?

CALAMOCHA: ¿No ve usted lo que viene por allí?

DON CARLOS: ¿Es Simón?

CALAMOCHA: El mismo... Pero, ¿quién diablos le...?

DON CARLOS: ¿Y qué haremos?

CALAMOCHA: ¿Qué sé yo?... Sonsacarle, mentir y... ¿Me da usted licencia para que...?

DON CARLOS: Sí, miente lo que quieras... ¿A qué habrá venido este hombre?

ESCENA X

SIMÓN, DON CARLOS, CALAMOCHA

(SIMÓN *sale por la puerta del foro.)*

CALAMOCHA: Simón, ¿tú por aquí?

SIMÓN: Adiós, Calamocha. ¿Cómo va?

CALAMOCHA: Lindamente.

SIMÓN: ¡Cuánto me alegro de...!

CALAMOCHA: ¡Hombre! ¿Tú en Alcalá? ¿Pues qué novedad es ésta?

SIMÓN: ¡Oh, que estaba usted ahí, señorito! ¡Voto a sanes!

DON CARLOS: ¿Y mi tío?

SIMÓN: Tan bueno.

CALAMOCHA: Pero, ¿se ha quedado en Madrid, o...?

SIMÓN: ¿Quién me había de decir a mí...? ¡Cosa como ella! Tan ajeno estaba yo ahora de... Y usted, de cada vez más guapo... Conque usted irá a ver al tío, ¿eh?

CALAMOCHA: Tú habrás venido con algún encargo del amo.

SIMÓN: ¡Y qué calor traje, y qué polvo por ese camino! ¡Ya, ya!

CALAMOCHA: Alguna cobranza tal vez, ¿eh?

DON CARLOS: Puede ser. Como tiene mi tío ese poco de hacienda en Ajalvir... ¿No has venido a eso?

SIMÓN: ¡Y qué buena maula le ha salido el tal administrador! Labriego más marrullero y más bellaco no le hay en toda la campiña... Conque ¿usted viene ahora de Zaragoza?

DON CARLOS: Pues... figúrate tú.

SIMÓN: ¿O va usted allá?

DON CARLOS: ¿A dónde?

SIMÓN: A Zaragoza. ¿No está allí el regimiento?

CALAMOCHA: Pero, hombre, si salimos el verano pasado de Madrid, ¿no habíamos de haber andado más de cuatro leguas ?

SIMÓN: ¿Qué sé yo? Algunos van por la posta, y tardan más de cuatro meses en llegar... Debe de ser un camino muy malo.

CALAMOCHA: *(Aparte, separándose de* SIMÓN.) ¡Maldito seas tú, y tu camino, y la bribona que te dio papilla!

DON CARLOS: Pero aún no me has dicho si mi tío está en Madrid o en Alcalá, ni a qué has venido, ni...

SIMÓN: Bien, a eso voy... Sí, señor, voy a decir a usted... Conque... Pues el amo me dijo...

ESCENA XI

DON DIEGO, DON CARLOS, SIMÓN, CALAMOCHA

DON DIEGO: *(Desde adentro.)* No, no es menester; si hay luz aquí. Buenas noches, Rita. (DON CARLOS *se turba, y se aparta a un extremo del teatro.)*

DON CARLOS: ¡Mi tío!

(Sale DON DIEGO *del cuarto de* DOÑA IRENE, *encaminándose al suyo; repara en* DON CARLOS, y *se acerca a él.* SIMÓN *le alumbra, y vuelve a dejar la luz sobre la mesa.)*

DON DIEGO: ¡Simón!

SIMÓN: Aquí estoy, señor.

DON CARLOS: *(Aparte.)* ¡Todo se ha perdido!

DON DIEGO: Vamos... Pero... ¿quién es?

SIMÓN: Un amigo de usted, señor.

DON CARLOS: *(Aparte.)* Yo estoy muerto.

DON DIEGO: ¿Cómo un amigo?... ¿Qué?... Acerca esa luz.

DON CARLOS: ¡Tío! *(En ademán de besar la mano a* DON DIEGO, *que le aparta de sí con enojo.)*

DON DIEGO: Quítate de ahí.

DON CARLOS: Señor.

DON DIEGO: Quítate... No sé cómo no le... ¿Qué haces aquí?

DON CARLOS: Si usted se altera y...

DON DIEGO: ¿Qué haces aquí?

DON CARLOS: Mi desgracia me ha traído.

DON DIEGO: ¡Siempre dándome que sentir, siempre! Pero... *(Acercándose a* DON CARLOS.*)* ¿Qué dices? ¿De veras ha ocurrido alguna desgracia? Vamos... ¿Qué te sucede?... ¿Por qué estás aquí?

CALAMOCHA: Porque le tiene a usted ley, y le quiere bien, y...

DON DIEGO: A ti no te pregunto nada... ¿Por qué has venido de Zaragoza sin que yo lo sepa?... ¿Por qué te asusta el verme?... Algo has hecho: sí, alguna locura has hecho que le habrá de costar la vida a tu pobre tío.

DON CARLOS: No, señor, que nunca olvidaré las máximas de honor y prudencia que usted me ha inspirado tantas veces.

DON DIEGO: Pues, ¿a qué viniste? ¿Es desafío? ¿Son deudas? ¿Es algún disgusto con tus jefes?... Sácame de esta inquietud, Carlos... Hijo mío, sácame de este afán.

CALAMOCHA: Si todo ello no es más que...

DON DIEGO: Ya he dicho que calles... Ven acá. *(Tomándole de la mano se aparta con él a un extremo del teatro y le habla en voz baja.)* Dime qué ha sido.

DON CARLOS: Una ligereza, una falta de sumisión a usted. Venir a Madrid sin pedirle licencia primero... Bien arrepentido estoy, considerando la pesadumbre que le he dado al verme.

DON DIEGO: ¿Y qué otra cosa hay?

DON CARLOS: Nada más, señor.

DON DIEGO: Pues, ¿qué desgracia era aquella de que me hablaste?

DON CARLOS: Ninguna. La de hallarle a usted en este paraje... y haberle disgustado tanto, cuando yo esperaba sorprenderle en Madrid, estar en su compañía algunas semanas, y volverme contento de haberle visto...

DON DIEGO: ¿No hay más?

DON CARLOS: No, señor.

DON DIEGO: Míralo bien.

DON CARLOS: No, señor... A eso venía. No hay nada más.

DON DIEGO: Pero no me digas tú a mí... Si es imposible que estas escapadas se... No, señor... ¿Ni quién ha de permitir que un oficial se vaya cuando se le antoje y abandone de ese modo sus banderas?... Pues, si tales ejemplos se repitieran mucho, adiós disciplina militar... Vamos... Eso no puede ser.

DON CARLOS: Considere usted, tío, que estamos en tiempo de paz; que en Zaragoza no es necesario un servicio tan exacto como en otras plazas, en que no se permite descanso a la guarnición... Y, en fin, puede usted creer que este viaje supone la aprobación y la licencia de mis superiores; que yo también miro por mi estimación y que, cuando me he venido, estoy seguro de que no hago falta.

DON DIEGO: Un oficial siempre hace falta a sus soldados. El rey le tiene allí para que los instruya, los proteja y les dé ejemplos de subordinación, de valor, de virtud.

DON CARLOS: Bien está; pero ya he dicho los motivos...

DON DIEGO: Todos esos motivos no valen nada... ¡Porque le dio la gana de ver al tío!... Lo que quiere su tío de usted no es verle cada ocho días, sino saber que es hombre de juicio, y que cumple con sus obligaciones. Eso es lo que quiere... Pero *(Alza la voz, y se pasea inquieto.)* yo tomaré mis medidas para que estas locuras no se repitan otra vez... Lo que usted ha de hacer ahora es marcharse inmediatamente.

DON CARLOS: Señor, si...

DON DIEGO: No hay remedio... Y ha de ser al instante. Usted no ha de dormir aquí.

CALAMOCHA: Es que los caballos no están ahora para correr... Ni pueden moverse.

DON DIEGO: Pues con ellos *(A* CALAMOCHA.) y con las maletas al mesón de afuera. Usted *(A* DON CARLOS.) no ha de dormir aquí... Vamos *(A* CALAMOCHA.) tú, buena pieza, menéate. Abajo con todo. Pagar el gasto que se haya hecho, sacar los caballos y marchar... Ayúdale tú... *(A* SIMÓN.) ¿Qué dinero tienes ahí?

SIMÓN: Tendré unas cuatro o seis onzas.

(Saca de un bolsillo algunas monedas y se las da a DON DIEGO.)

DON DIEGO: Dámelas acá... Vamos, ¿qué haces?... *(A* CALAMOCHA.) ¿No he dicho que ha de ser al instante? Volando. Y tú *(A* SIMÓN.) ve con él, ayúdale, y no te me apartes de allí hasta que se hayan ido.

(Los dos criados entran en el cuarto de DON CARLOS.)

ESCENA XII

DON DIEGO, DON CARLOS

DON DIEGO: Tome usted. *(Le da el dinero.)* Con eso hay bastante para el camino... Vamos, que, cuando yo lo dispongo así, bien sé lo que me hago... ¿No conoces que es todo por tu bien, y que ha sido un desatino lo que acabas de hacer?... Y no hay que afligirse por eso, ni creas que es falta de cariño... Ya sabes lo que te he querido siempre; y, en obrando tú según corresponde, seré tu amigo como lo he sido hasta aquí.

DON CARLOS: Ya lo sé.

DON DIEGO: Pues bien, ahora obedece lo que te mando.

DON CARLOS: Lo haré sin falta.

DON DIEGO: Al mesón de afuera. *(A los criados que salen con los trastos del cuarto de* DON CARLOS *y se van por la puerta del foro.)* Allí puedes dormir, mientras los caballos comen y descansan... Y no me vuelvas aquí por ningún pretexto ni entres en la ciudad... ¡Cuidado! Y a eso de las tres o las cuatro, marchar. Mira que he de saber a la hora que sales. ¿Lo entiendes?

DON CARLOS: Sí, señor.

DON DIEGO: Mira que lo has de hacer.

DON CARLOS: Sí, señor; haré lo que usted manda.

DON DIEGO: Muy bien... Adiós... Todo te lo perdono... Vete con Dios... Y yo sabré también cuándo llegas a Zaragoza; no te parezca que estoy ignorante de lo que hiciste la vez pasada.

DON CARLOS: Pues, ¿qué hice yo?

DON DIEGO: Si te digo que lo sé, y que te lo perdono, ¿qué más quieres? No es tiempo ahora de tratar de eso. Vete.

DON CARLOS: Quede usted con Dios.

(Hace que se va, y vuelve.)

DON DIEGO: Sin besar la mano a su tío, ¿eh?

DON CARLOS: No me atreví. *(Besa la mano a* DON DIEGO*, y se abrazan.)*

DON DIEGO: Y dame un abrazo, por si no nos volvemos a ver.

DON CARLOS: ¿Qué dice usted? ¡No lo permita Dios!

DON DIEGO: ¡Quién sabe, hijo mío! ¿Tienes algunas deudas? ¿Te falta algo?

DON CARLOS: No, señor, ahora no.

DON DIEGO: Mucho es, porque tú siempre tiras por largo... Como cuentas con la bolsa del tío... Pues bien, yo escribiré al señor Aznar para que te dé cien doblones de orden mía. Y mira cómo los gastas... ¿Juegas?

DON CARLOS: No, señor, en mi vida.

DON DIEGO: Cuidado con eso... Con que, buen viaje. Y no te acalores: jornadas regulares, y nada más... ¿Vas contento?

DON CARLOS: No, señor. Porque usted me quiere mucho, me llena de beneficios y yo le pago mal.

DON DIEGO: No se hable ya de lo pasado... Adiós.

DON CARLOS: ¿Queda usted enojado conmigo?

DON DIEGO: No, no, por cierto... Me disgusté bastante, pero ya se acabó... No me des que sentir. *(Poniéndole ambas manos sobre los hombros.)* Portarse como hombre de bien.

DON CARLOS: No lo dude usted.

DON DIEGO: Como oficial de honor.

DON CARLOS: Así lo prometo.

DON DIEGO: Adiós, Carlos. *(Abrázanse.)*

DON CARLOS: *(Aparte, al irse por la puerta del foro.)* ¡Y la dejo!... ¡Y la pierdo para siempre!

ESCENA XIII

DON DIEGO

DON DIEGO: Demasiado bien se ha compuesto... Luego lo sabrá enhorabuena... Pero no es lo mismo escribírselo que... Después de hecho, no importa nada... ¡Pero siempre aquel respeto al tío!... Como una malva es. *(Se enjuga las lágrimas, toma la luz y se va a su cuarto. El teatro queda solo y oscuro por un breve espacio.)*

ESCENA XIV

DOÑA FRANCISCA, RITA

(Salen del cuarto de DOÑA IRENE. RITA *sacará una luz y la pone encima de la mesa.)*

RITA: Mucho silencio hay por aquí.

DOÑA FRANCISCA: Se habrán recogido ya... Estarán rendidos.

RITA: Precisamente.

DOÑA FRANCISCA: ¡Un camino tan largo!

RITA: ¡A lo que obliga el amor, señorita!

DOÑA FRANCISCA: Sí, bien puedes decirlo: amor... Y yo, ¿qué no hiciera por él?

RITA: Y deje usted, que no ha de ser éste el último milagro. Cuando lleguemos a Madrid, entonces será ella... El pobre don Diego, ¡qué chasco se va a llevar! Y por otra parte, vea usted qué señor tan bueno, que cierto da lástima...

DOÑA FRANCISCA: Pues en eso consiste todo. Si él fuese un hombre despreciable, ni mi madre hubiera admitido su pretensión, ni yo tendría que disimular mi repugnancia... Pero ya es otro tiempo, Rita. Don Félix ha venido, y ya no temo a nadie. Estando mi fortuna en su mano, me considero la más dichosa de las mujeres.

RITA: ¡Ay!, ahora que me acuerdo... Pues poquito me lo encargó... Ya se ve, si con estos amores tengo yo también la cabeza... Voy por él. *(Encaminándose al cuarto de* DOÑA IRENE.)

DOÑA FRANCISCA: ¿A qué vas?

RITA: El tordo, que ya se me olvidaba sacarle de allí.

DOÑA FRANCISCA: Sí, tráele, no empiece a rezar como anoche... Allí quedó junto a la ventana... Y ve con cuidado, no despierte mamá.

RITA: Sí, mire usted el estrépito de caballerías que anda por allá abajo... Hasta que lleguemos a nuestra calle del Lobo, número siete, cuarto segundo, no hay que pensar en dormir... Y ese maldito portón, que rechina que...

DOÑA FRANCISCA: Te puedes llevar la luz.

RITA: No es menester, que ya sé dónde está.

(Vase al cuarto de DOÑA IRENE.)

ESCENA XV

SIMÓN, DOÑA FRANCISCA

(Sale por la puerta del foro SIMÓN.)

DOÑA FRANCISCA: Yo pensé que estaban ustedes acostados.

SIMÓN: El amo ya habrá hecho esa diligencia; pero yo todavía no sé en dónde he de tender el rancho... Y buen sueño que tengo.

DOÑA FRANCISCA: ¿Qué gente nueva ha llegado ahora?

SIMÓN: Nadie. Son unos que estaban ahí, y se han ido.

DOÑA FRANCISCA: ¿Los arrieros?

SIMÓN: No, señora. Un oficial y un criado suyo, que parece que se van a Zaragoza.

DOÑA FRANCISCA: ¿Quiénes dice usted que son?

SIMÓN: Un teniente coronel y su asistente.

DOÑA FRANCISCA: ¿Y estaban aquí?

SIMÓN: Sí, señora; ahí en ese cuarto.

DOÑA FRANCISCA: No los he visto.

SIMÓN: Parece que llegaron esta tarde y... A la cuenta habrán despachado ya la comisión que traían... Con que se han ido... Buenas noches, señorita.

(Vase al cuarto de DON DIEGO.)

ESCENA XVI

DOÑA FRANCISCA, RITA

DOÑA FRANCISCA: ¡Dios mío de mi alma! ¿Qué es esto?... No puedo sostenerme... ¡Desdichada!

(Siéntase en una silla junto a la mesa.)

RITA: Señorita, yo vengo muerta. *(Saca la jaula del tordo y la deja encima de la mesa; abre la puerta del cuarto de* DON CARLOS *y vuelve.)*

DOÑA FRANCISCA: ¡Ay, que es cierto!... ¿Tú lo sabes también?

RITA: Deje usted que todavía no creo lo que he visto... Aquí no hay nadie... Ni maletas, ni ropa, ni... Pero ¿cómo podía engañarme? Si yo misma los he visto salir.

DOÑA FRANCISCA: ¿Y eran ellos?

RITA: Sí, señora. Los dos.

DOÑA FRANCISCA: Pero ¿se han ido fuera de la ciudad?

RITA: Si no los he perdido de vista hasta que salieron por Puerta de Mártires... Como está un paso de aquí.

DOÑA FRANCISCA: ¿Y es ése el camino de Aragón?

RITA: Ése es.

DOÑA FRANCISCA: ¡Indigno!... ¡Hombre indigno!

RITA: Señorita...

DOÑA FRANCISCA: ¿En qué te ha ofendido esta infeliz?

RITA: Yo estoy temblando toda... Pero... Si es incomprensible... Si no alcanzo a descubrir qué motivos ha podido haber para esta novedad.

DOÑA FRANCISCA: ¿Pues no le quise más que a mi vida?... ¿No me ha visto loca de amor?

RITA: No sé qué decir al considerar una acción tan infame.

DOÑA FRANCISCA: ¿Qué has de decir? Que no me ha querido nunca, ni es hombre de bien... ¿Y vino para esto? ¡Para engañarme, para abandonarme así!... *(Levántase, y* RITA *la sostiene.)*

RITA: Pensar que su venida fue con otro designio no me parece natural... Celos... ¿Por qué ha de tener celos?... Y aun eso mismo debiera enamorarle más... Él no es cobarde, y no hay que decir que habrá tenido miedo de su competidor.

DOÑA FRANCISCA: Te cansas en vano... Di que es un pérfido, di que es un monstruo de crueldad, y todo lo has dicho.

RITA: Vamos de aquí, que puede venir alguien y...

DOÑA FRANCISCA: Sí, vámonos... Vamos a llorar... Y ¡en qué situación me deja!... Pero ¿ves qué malvado?

RITA: Sí, señora; ya lo conozco.

DOÑA FRANCISCA: ¡Qué bien supo fingir!... ¿Y con quién? Conmigo... Pues ¿yo merecí ser engañada tan alevosamente?... ¿Mereció mi cariño este galardón?... ¡Dios de mi vida! ¿Cuál es mi delito, cuál es?

(RITA *coge la luz y se van entrambas al cuarto de* DOÑA FRANCISCA.)

ACTO TERCERO

ESCENA PRIMERA

DON DIEGO, SIMÓN

(Teatro oscuro. Sobre la mesa habrá un candelero con vela apagada y la jaula del tordo. SIMÓN *duerme tendido en el banco.)*

DON DIEGO: *(Sale de su cuarto acabándose de poner la bata.)* Aquí, a lo menos, ya que no duerma, no me derretiré... Vaya, si alcoba como ella no se... ¡Cómo ronca éste!... Guardémosle el sueño hasta que venga el día, que ya poco puede tardar... (SIMÓN *despierta y se levanta.)* ¿Qué es eso? Mira no te caigas, hombre.

SIMÓN: Qué, ¿estaba usted ahí, señor?

DON DIEGO: Sí, aquí me he salido, porque allí no se puede parar.

SIMÓN: Pues yo, a Dios gracias, aunque la cama es algo dura, he dormido como un emperador.

DON DIEGO: ¡Mala comparación!... Di que has dormido como un pobre hombre, que no tiene ni dinero, ni ambición, ni pesadumbres, ni remordimientos.

SIMÓN: En efecto, dice usted bien... ¿Y qué hora será ya?

DON DIEGO: Poco ha que sonó el reloj de San Justo, y, si no conté mal, dio las tres.

SIMÓN: ¡Oh!, pues ya nuestros caballeros irán por ese camino adelante echando chispas.

DON DIEGO: Sí, ya es regular que hayan salido... Me lo prometió, y espero que lo hará.

SIMÓN: ¡Pero si usted viera qué apesadumbrado le dejé! ¡Qué triste!

DON DIEGO: Ha sido preciso.

SIMÓN: Ya lo conozco.

DON DIEGO: ¿No ves qué venida tan intempestiva?

SIMÓN: Es verdad. Sin permiso de usted, sin avisarle, sin haber un motivo urgente... Vamos, hizo muy mal... Bien que por otra parte él tiene prendas suficientes para que se le perdone esta ligereza... Digo... Me parece que el castigo no pasará adelante, ¿eh?

DON DIEGO: ¡No, qué...! No, señor. Una cosa es que le haya hecho volver... Ya ves en qué circunstancias nos cogía... Te aseguro que cuando se fue me quedó un ansia en el corazón. *(Suenan a lo lejos tres palmadas, poco después se oye que puntean un instrumento.)* ¿Qué ha sonado?

SIMÓN: No sé... Gente que pasa por la calle. Serán labradores.

DON DIEGO: Calla.

SIMÓN: Vaya, música tenemos, según parece.

DON DIEGO: Sí, como lo hagan bien.

SIMÓN: Y ¿quién será el amante infeliz que se viene a gorjear a estas horas en ese callejón tan puerco?... Apostaré que son amores con la moza de la posada, que parece un mico.

DON DIEGO: Puede ser.

SIMÓN: Ya empiezan. Oigamos... *(Tocan una sonata desde adentro.)* Pues dígole a usted que toca muy lindamente el pícaro del barberillo.

DON DIEGO: No; no hay barbero que sepa hacer eso, por muy bien que afeite.

SIMÓN: ¿Quiere usted que nos asomemos un poco, a ver...?

DON DIEGO: No, dejarlos... ¡Pobre gente! ¡Quién sabe la importancia que darán ellos a la tal música!... No gusto yo de incomodar a nadie.

(Salen de su cuarto DOÑA FRANCISCA y RITA, *encaminándose a la ventana.* DON DIEGO *y* SIMÓN *se retiran a un lado, y observan.)*

SIMÓN: ¡Señor!... ¡Eh!... Presto, aquí a un ladito.

DON DIEGO: ¿Qué quieres?

SIMÓN: Que han abierto la puerta de esa alcoba, y huele a faldas que trasciende.

DON DIEGO: ¿Sí?... Retirémonos.

ESCENA II

DOÑA FRANCISCA, RITA, DON DIEGO, SIMÓN

RITA: Con tiento, señorita.

DOÑA FRANCISCA: Siguiendo la pared, ¿no voy bien?

(Vuelven a tocar el instrumento.)

RITA: Sí, señora... Pero vuelven a tocar... Silencio...

DOÑA FRANCISCA: No te muevas... Deja... Sepamos primero si es él.

RITA: ¿Pues no ha de ser?... La seña no puede mentir.

DOÑA FRANCISCA: Calla. Sí, él es... ¡Dios mío! *(Acércase* RITA a *la ventana, abre la vidriera y da tres palmadas. Cesa la música.)* Ve, responde... Albricias, corazón. Él es.

SIMÓN: ¿Ha oído usted?

DON DIEGO: Sí.

SIMÓN: ¿Qué querrá decir esto?

DON DIEGO: Calla.

(DOÑA FRANCISCA *se asoma a la ventana.* RITA *se queda detrás de ella.)*

(Los puntos suspensivos indican las interrupciones más o menos largas que deben hacerse.)

DOÑA FRANCISCA: Yo soy... Y ¿qué había de pensar viendo lo que usted acaba de hacer?... ¿Qué fuga es ésta?... Rita *(Apártase de la ventana, y vuelve después a asomarse),* amiga, por Dios, ten cuidado, y si oyeres algún rumor, al instante avísame... ¿Para siempre? ¡Triste de mí!... Bien está, tírela usted... Pero yo no acabo de entender... ¡Ay, don Félix!, nunca le he visto a usted tan tímido... *(Tiran desde adentro una carta que cae por la ventana al teatro.* DOÑA FRANCISCA *la busca y, no hallándola, vuelve a asomarse.)* No, no la he cogido; pero aquí está sin duda... ¿Y no he de saber yo hasta que llegue el día los motivos que tiene usted para dejarme muriendo?... Sí, yo quiero saberlo de su boca de usted. Su Paquita de usted se lo manda... Y ¿cómo le parece a usted que estará el mío?... No me cabe en el pecho... Diga usted.

(SIMÓN *se adelanta un poco, tropieza en la jaula y la deja caer.)*

RITA: Señorita, vamos de aquí... Presto, que hay gente.

DOÑA FRANCISCA: Infeliz de mí!... Guíame.

RITA: Vamos... *(Al retirarse tropieza con* SIMÓN. *Las dos se van al cuarto de* DOÑA FRANCISCA.) ¡Ay!

DOÑA FRANCISCA: ¡Muerta voy!

ESCENA III

DON DIEGO, SIMÓN

DON DIEGO: ¿Qué grito fue ése?

SIMÓN: Una de las fantasmas, que al retirarse tropezó conmigo.

DON DIEGO: Acércate a esa ventana, y mira si hallas en el suelo un papel... ¡Buenos estamos!

SIMÓN: *(Tentando por el suelo, cerca de la ventana.)* No encuentro nada, señor.

DON DIEGO: Búscale bien, que por ahí ha de estar.

SIMÓN: ¿Le tiraron desde la calle?

DON DIEGO: Sí... ¿Qué amante es éste?... ¡Y dieciséis años y criada en un convento! Acabó ya toda mi ilusión.

SIMÓN: Aquí está.

(Halla la carta, y se la da a DON DIEGO.*)*

DON DIEGO: Vete abajo, y enciende una luz... En la caballeriza o en la cocina... Por ahí habrá algún farol... Y vuelve con ella al instante.

(Vase SIMÓN *por la puerta del foro.)*

ESCENA IV

DON DIEGO

DON DIEGO: ¿Y a quién debo culpar? *(Apoyándose en el respaldo de una silla.)* ¿Es ella la delincuente, o su madre, o sus tías, o yo?... ¿Sobre quién..., sobre quién ha de caer esta cólera, que por más que lo procuro no la sé reprimir...? ¡La Naturaleza la hizo tan amable a mis ojos...! ¡Qué esperanzas tan halagüeñas concebí! ¡Qué felicidades me prometía...! ¡Celos...! ¿Yo...? ¡En qué edad tengo celos...! Vergüenza es... Pero esta inquietud que yo siento, esta indignación, estos deseos de venganza ¿de qué provienen? ¿Cómo he de llamarlos? Otra vez parece que... *(Advirtiendo que suena ruido en la puerta del cuarto de* DOÑA FRANCISCA *se retira a un extremo del teatro.)* Sí.

ESCENA V

DON DIEGO, RITA, SIMÓN

RITA: Ya se han ido... *(Observa, escucha, asómase después a la ventana y busca la carta por el suelo.)* ¡Válgame Dios...! El papel estará muy bien escrito, pero el señor don Félix es un grandísimo picarón... ¡Pobrecita de mi alma!... Se muere sin remedio... Nada, ni perros parecen por la calle... ¡Ojalá no los hubiéramos conocido! ¿Y este maldito papel?... Pues buena la hiciéramos, si no pareciese... ¿Qué dirá?... Mentiras, mentiras, y todo mentira.

SIMÓN: Ya tenemos luz.

(Sale con luz. RITA *se sorprende.)*

RITA: ¡Perdida soy!

DON DIEGO: *(Acercándose.)* ¡Rita! ¿Pues tú aquí?

RITA: Sí, señor, porque...

DON DIEGO: ¿Qué buscas a estas horas?

RITA: Buscaba... Yo le diré a usted... Porque oímos un ruido muy grande...

SIMÓN: ¿Sí, eh?

RITA: Cierto... Un ruido y... mire usted *(Alza la jaula, que está en el suelo),* era la jaula del tordo... Pues la jaula era, no tiene duda. ¡Válgate Dios! ¿Si se habrá muerto? No, vivo está, vaya... Algún gato habrá sido. Preciso.

SIMÓN: Sí, algún gato.

RITA: ¡Pobre animal! ¡Y qué asustadillo se conoce que está todavía!

SIMÓN: Y con mucha razón... ¿No te parece, si le hubiera pillado el gato?...

RITA: Se le hubiera comido.

(Cuelga la jaula de un clavo que habrá en la pared.)

SIMÓN: Y sin pebre... ni plumas hubiera dejado.

DON DIEGO: Tráeme esa luz.

RITA: ¡Ah! Deje usted, encenderemos ésta *(Enciende la vela que está sobre la mesa.)*, que ya lo que no se ha dormido...

DON DIEGO: Y doña Paquita, ¿duerme?

RITA: Sí, señor.

SIMÓN: Pues mucho es que con el ruido del tordo...

DON DIEGO: Vamos.

(Se entra en su cuarto. SIMÓN *va con él, llevándose una de las luces.)*

ESCENA VI

DOÑA FRANCISCA, RITA

DOÑA FRANCISCA: *(Saliendo de su cuarto.)* ¿Ha parecido el papel?

RITA: No, señora.

DOÑA FRANCISCA: ¿Y estaban aquí los dos cuando tú saliste?

RITA: Yo no lo sé. Lo cierto es que el criado sacó una luz, y me hallé de repente, como por máquina, entre él y su amo, sin poder escapar, ni saber qué disculpa darles.

(Coge la luz y vuelve a buscar la carta, cerca de la ventana.)

DOÑA FRANCISCA: Ellos eran sin duda... Aquí estarían cuando yo hablé desde la ventana... ¿Y ese papel...?

RITA: Yo no lo encuentro, señorita.

DOÑA FRANCISCA: Le tendrán ellos, no te canses... Si es lo único que faltaba a mi desdicha... No le busques. Ellos le tienen.

RITA: A lo menos por aquí...

DOÑA FRANCISCA: ¡Yo estoy loca! *(Siéntase.)*

RITA: Sin haberse explicado este hombre, ni decir siquiera...

DOÑA FRANCISCA: Cuando iba a hacerlo, me avisaste, y fue preciso retirarnos... Pero ¿sabes tú con qué temor me habló, qué agitación mostraba? Me dijo que en aquella carta vería yo los motivos justos que le precisaban a volverse; que la había escrito para dejársela a persona fiel que la pusiera en mis manos, suponiendo que el verme sería imposible. Todo engaños, Rita, de un hombre aleve que prometió lo que no pensaba cumplir... Vino, halló un competidor, y diría: Pues yo, ¿para qué he de molestar a nadie ni hacerme ahora defensor de una mujer?... ¡Hay tantas mujeres!... Cásenla... Yo nada pierdo... Primero es mi tranquilidad que la vida de esa infeliz. ¡Dios mío, perdón...! ¡Perdón de haberle querido tanto!

RITA: ¡Ay, señorita! *(Mirando hacia el cuarto de* DON DIEGO.*)* Que parece que salen ya.

DOÑA FRANCISCA: No importa, déjame.

RITA: Pero, si don Diego la ve a usted de esa manera...

DOÑA FRANCISCA: Si todo se ha perdido ya, ¿qué puedo temer?... ¿Y piensas tú que tengo alientos para levantarme?... Que vengan, nada importa.

ESCENA VII

DON DIEGO, DOÑA FRANCISCA, SIMÓN, RITA

SIMÓN: Voy enterado, no es menester más.

DON DIEGO: Mira, y haz que ensillen inmediatamente al Moro, mientras tú vas allá. Si han salido, vuelves, montas a caballo y, en una buena carrera que des, los alcanzas... Los dos aquí, ¿eh...? Conque, vete, no se pierda tiempo.

(Después de hablar los dos, junto al cuarto de DON DIEGO, *se va* SIMÓN *por la puerta del foro.)*

SIMÓN: Voy allá.

DON DIEGO: Mucho se madruga, doña Paquita.

DOÑA FRANCISCA: Sí, señor.

DON DIEGO: ¿Ha llamado ya doña Irene?

DOÑA FRANCISCA: No, señor... *(A* RITA.) Mejor es que vayas allá, por si ha despertado y se quiere vestir.

(RITA *se va al cuarto de* DOÑA IRENE.)

ESCENA VIII

DON DIEGO, DOÑA FRANCISCA

DON DIEGO: ¿Usted no habrá dormido bien esta noche?

DOÑA FRANCISCA: No, señor. ¿Y usted?

DON DIEGO: Tampoco.

DOÑA FRANCISCA: Ha hecho demasiado calor.

DON DIEGO: ¿Está usted desazonada?

DOÑA FRANCISCA: Alguna cosa.

DON DIEGO: ¿Qué siente usted?

(Siéntase junto a DOÑA FRANCISCA.)

DOÑA FRANCISCA: No es nada... Así un poco de... Nada... no tengo nada.

DON DIEGO: Algo será; porque la veo a usted muy abatida, llorosa, inquieta... ¿Qué tiene usted, Paquita? ¿No sabe usted que la quiero tanto?

DOÑA FRANCISCA: Sí, señor.

DON DIEGO: Pues, ¿por qué no hace usted más confianza de mí? ¿Piensa usted que no tendré yo mucho gusto en hallar ocasiones de complacerla?

DOÑA FRANCISCA: Ya lo sé.

DON DIEGO: ¿Pues cómo, sabiendo que tiene usted un amigo, no desahoga con él su corazón?

DOÑA FRANCISCA: Porque eso mismo me obliga a callar.

DON DIEGO: Eso quiere decir que tal vez soy yo la causa de su pesadumbre de usted.

DOÑA FRANCISCA: No, señor; usted en nada me ha ofendido... No es de usted de quien yo me debo quejar.

DON DIEGO: Pues, ¿de quién, hija mía?... Venga usted acá *(Acércase más.)* Hablemos siquiera una vez sin rodeos ni disimulación... Dígame usted: ¿no es cierto que usted mira con algo de repugnancia este casamiento que se la propone? ¿Cuánto va que, si la dejasen a usted entera libertad para la elección, no se casaría conmigo?

DOÑA FRANCISCA: Ni con otro.

DON DIEGO: ¿Será posible que usted no conozca otro más amable que yo, que la quiera bien, y que la corresponda como usted merece?

DOÑA FRANCISCA: No, señor; no, señor.

DON DIEGO: Mírelo usted bien.

DOÑA FRANCISCA: ¿No le digo a usted que no?

DON DIEGO: ¿Y he de creer, por dicha, que conserve usted tal inclinación al retiro en que se ha criado, que prefiera la austeridad del convento a una vida más...?

DOÑA FRANCISCA: Tampoco; no, señor... Nunca he pensado así.

DON DIEGO: No tengo empeño de saber más... Pero de todo lo que acabo de oír resulta una gravísima contradicción. Usted no se halla inclinada al estado religioso, según parece. Usted me asegura que no tiene queja ninguna de mí, que está persuadida de lo mucho que la estimo, que no piensa casarse con otro, ni debo recelar que nadie me dispute su mano... Pues, ¿qué llanto es ése? ¿De dónde nace esa tristeza profunda, que en tan poco tiempo ha alterado su semblante de usted en términos que apenas le reconozco? ¿Son éstas las señales de quererme exclusivamente a mí, de casarse gustosa conmigo dentro de pocos días? ¿Se anuncian así la alegría y el amor?

(Vase iluminando lentamente el teatro, suponiendo que viene la luz del día.)

DOÑA FRANCISCA: Y ¿qué motivos le he dado a usted para tales desconfianzas?

DON DIEGO: Pues ¿qué? Si yo prescindo de estas consideraciones, si apresuro las diligencias de nuestra unión, si su madre de usted sigue aprobándola y llega el caso de...

DOÑA FRANCISCA: Haré lo que mi madre me manda, y me casaré con usted.

DON DIEGO: ¿Y después, Paquita?

DOÑA FRANCISCA: Después..., y mientras me dure la vida, seré mujer de bien.

DON DIEGO: Eso no lo puedo yo dudar... Pero, si usted me considera como el que ha de ser hasta la muerte su compañero y su amigo, dígame usted: esos títulos ¿no me dan algún derecho para merecer de usted mayor confianza? ¿No he de lograr que usted me diga la causa de su dolor? Y no para satisfacer una impertinente curiosidad, sino para emplearme todo en su consuelo, en mejorar su suerte, en hacerla dichosa, si mi conato y mis diligencias pudiesen tanto.

DOÑA FRANCISCA: ¡Dichas para mí!... Ya se acabaron.

DON DIEGO: ¿Por qué?

DOÑA FRANCISCA: Nunca diré por qué.

DON DIEGO: Pero ¡qué obstinado, qué imprudente silencio!... Cuando usted misma debe presumir que no estoy ignorante de lo que hay.

DOÑA FRANCISCA: Si usted lo ignora, señor don Diego, por Dios, no finja que lo sabe; y, si en efecto lo sabe usted, no me lo pregunte.

DON DIEGO: Bien está. Una vez que no hay nada que decir, que esa aflicción y esas lágrimas son voluntarias, hoy llegaremos a Madrid, y dentro de ocho días será usted mi mujer.

DOÑA FRANCISCA: Y daré gusto a mi madre.

DON DIEGO: Y vivirá usted infeliz.

DOÑA FRANCISCA: Ya lo sé.

DON DIEGO: Ve aquí los frutos de la educación. Esto es lo que se llama criar bien a una niña: enseñarla a que desmienta y oculte las pasiones más inocentes con una pérfida disimulación. Las juzgan honestas luego que las ven instruidas en el arte de callar y mentir. Se obstinan en que el temperamento, la edad ni el genio no han de tener influencia alguna en sus inclinaciones, o en que su voluntad ha de torcerse al capricho de quien las gobierna. Todo se las permite, menos la sinceridad. Con tal que no digan lo que sienten, con tal que finjan aborrecer lo que más desean, con tal que se presten a pronunciar, cuando se lo manden, un sí perjuro, sacrílego, origen de tantos escándalos, ya están bien criadas, y se llama excelente educación la que inspira en ellas el temor, la astucia y el silencio de un esclavo.

DOÑA FRANCISCA: Es verdad... Todo eso es cierto... Eso exigen de nosotras, eso aprendemos en la escuela que se nos da... Pero el motivo de mi aflicción es mucho más grande.

DON DIEGO: Sea cual fuere, hija mía, es menester que usted se anime... Si la ve a usted su madre de esa manera, ¿qué ha de decir...? Mire usted que ya parece que se ha levantado.

DOÑA FRANCISCA: ¡Dios mío!

DON DIEGO: Sí, Paquita; conviene mucho que usted vuelva un poco sobre sí... No abandonarse tanto... Confianza en Dios... Vamos, que no siempre nuestras desgracias son tan grandes como la imaginación las pinta... ¡Mire usted qué desorden éste! ¡Qué agitación! ¡Qué lágrimas! Vaya, ¿me da usted palabra de presentarse así... con cierta serenidad y...? ¿Eh?

DOÑA FRANCISCA: Y usted, señor... Bien sabe usted el genio de mi madre. Si usted no me defiende, ¿a quién he de volver los ojos? ¿Quién tendrá compasión de esta desdichada?

DON DIEGO: Su buen amigo de usted... Yo... ¿Cómo es posible que yo la abandonase..., ¡criatura...!, en la situación dolorosa en que la veo?

(Asiéndola de las manos.)

DOÑA FRANCISCA: ¿De veras?

DON DIEGO: Mal conoce usted mi corazón.

DOÑA FRANCISCA: Bien le conozco.

(Quiere arrodillarse; DON DIEGO *se lo estorba, y ambos se levantan.)*

DON DIEGO: ¿Qué hace usted, niña?

DOÑA FRANCISCA: Yo no sé... ¡Qué poco merece toda esa bondad una mujer tan ingrata para con usted!... No, ingrata no: infeliz... ¡Ay, qué infeliz soy, señor don Diego!

DON DIEGO: Yo bien sé que usted agradece como puede el amor que la tengo... Lo demás todo ha sido..., ¿qué sé yo?..., una equivocación mía, y no otra cosa... Pero usted, ¡inocente!, usted no ha tenido la culpa.

DOÑA FRANCISCA: Vamos... ¿No viene usted?

DON DIEGO: Ahora no, Paquita. Dentro de un rato iré por allá.

DOÑA FRANCISCA: Vaya usted presto.

(Encaminándose al cuarto de DOÑA IRENE, *vuelve y se despide de* DON DIEGO *besándole las manos.)*

DON DIEGO: Sí, presto iré.

ESCENA IX

DON DIEGO, SIMÓN

SIMÓN: Ahí están, señor.

DON DIEGO: ¿Qué dices?

SIMÓN: Cuando yo salía de la Puerta, los vi a lo lejos, que iban ya de camino. Empecé a dar voces y hacer señas con el pañuelo; se detuvieron, y, apenas llegué y le dije al señorito lo que usted mandaba, volvió las riendas y está abajo. Le encargué que no subiera hasta que le avisara yo, por si acaso había gente aquí y usted no quería que le viesen.

DON DIEGO: Y ¿qué dijo cuando le diste el recado?

SIMÓN: Ni una palabra... Muerto viene... Ya digo, ni una sola palabra... A mí me ha dado compasión el verle así tan...

DON DIEGO: No me empieces ya a interceder por él.

SIMÓN: ¿Yo, señor?

DON DIEGO: Sí, que no te entiendo yo... ¡Compasión!... Es un pícaro.

SIMÓN: Como yo no sé lo que ha hecho...

DON DIEGO: Es un bribón, que me ha de quitar la vida... Ya te he dicho que no quiero intercesores.

SIMÓN: Bien está, señor.

(*Vase por la puerta del foro.* DON DIEGO *se sienta, manifestando inquietud y enojo.*)

DON DIEGO: Dile que suba.

ESCENA X

DON DIEGO, DON CARLOS

DON DIEGO: Venga usted acá, señorito, venga usted... ¿En dónde has estado desde que no nos vemos?

DON CARLOS: En el mesón de afuera.

DON DIEGO: Y no has salido de allí en toda la noche, ¿eh?

DON CARLOS: Sí, señor, entré en la ciudad y...

DON DIEGO: ¿A qué?... Siéntese usted.

DON CARLOS: Tenía precisión de hablar con un sujeto...

(Siéntase.)

DON DIEGO: ¡Precisión!

DON CARLOS: Sí, señor... Le debo muchas atenciones, y no era posible volverme a Zaragoza sin estar primero con él.

DON DIEGO: Ya. En habiendo tantas obligaciones de por medio... Pero venirle a ver a las tres de la mañana, me parece mucho desacuerdo... ¿Por qué no le escribiste un papel?... Mira, aquí he de tener... Con este papel que le hubieras enviado en mejor ocasión, no había necesidad de hacerle trasnochar, ni molestar a nadie.

(Dándole el papel que tiraron a la ventana. DON CARLOS, luego que le reconoce, se le vuelve y se levanta en ademán de irse.)

DON CARLOS: Pues si todo lo sabe usted, ¿para qué me llama? ¿Por qué no me permite seguir mi camino, y se evitaría una contestación de la cual ni usted ni yo quedaremos contentos?

DON DIEGO: Quiere saber su tío de usted lo que hay en esto, y quiere que usted se lo diga.

DON CARLOS: ¿Para qué saber más?

DON DIEGO: Porque yo lo quiero y lo mando. ¡Oiga!

DON CARLOS: Bien está.

DON DIEGO: Siéntate ahí... (*Siéntase* DON CARLOS.) ¿En dónde has conocido a esta niña?... ¿Qué amor es éste? ¿Qué circunstancias han ocurrido?... ¿Qué obligaciones hay entre los dos? ¿Dónde, cuándo la viste?

DON CARLOS: Volviéndome a Zaragoza el año pasado, llegué a Guadalajara sin ánimo de detenerme; pero el intendente, en cuya casa de campo nos apeamos, se empeñó en que había de quedarme allí todo el día, por ser cumpleaños de su parienta, prometiéndome que al siguiente me dejaría proseguir mi viaje. Entre las gentes convidadas hallé a doña Paquita, a quien la señora había sacado aquel día del convento para que se esparciese un poco... Yo no sé qué vi en ella, que excitó en mí una inquietud, un deseo constante, irresistible, de mirarla, de oírla, de hallarme a su lado, de hablar con ella, de hacerme agradable a sus ojos... El intendente dijo entre otras cosas... burlándose... que yo era muy enamorado, y le ocurrió fingir que me llamaba don Félix de Toledo. Yo sostuve esta ficción, porque desde luego concebí la idea de permanecer algún tiempo en aquella ciudad, evitando que llegase a noticia de usted... Observé que doña Paquita me trató con un agrado particular, y, cuando por la noche nos separamos, yo me quedé lleno de vanidad y de esperanzas, viéndome preferido a todos los concurrentes de aquel día, que fueron muchos. En fin... Pero no quisiera ofender a usted refiriéndole...

DON DIEGO: Prosigue.

DON CARLOS: Supe que era hija de una señora de Madrid, viuda y pobre, pero de gente muy honrada... Fue necesario fiar de mi amigo los proyectos de amor que me obligaban a quedarme en su compañía; y él, sin aplaudirlos ni desaprobarlos, halló disculpas, las más ingeniosas, para que ninguno de su familia extrañara mi detención. Como su casa de campo está inmediata a la ciudad, fácilmente iba y venía de noche... Logré que doña Paquita leyese algunas cartas mías; y, con las pocas respuestas que de ellas tuve, acabé de precipitarme en una pasión que mientras viva me hará infeliz.

DON DIEGO: Vaya... Vamos, sigue adelante.

DON CARLOS: Mi asistente (que, como usted sabe, es hombre de travesura, y conoce el mundo), con mil artificios que a cada paso le ocurrían, facilitó los muchos estorbos que al principio hallábamos... La seña era dar tres palmadas, a las cuales respondían con otras tres desde una ventanilla que daba al corral de las monjas. Hablábamos todas las noches, muy a deshora, con el recato y las precauciones que ya se dejan entender...

Siempre fui para ella don Félix de Toledo, oficial de un regimiento, estimado de mis jefes y hombre de honor. Nunca la dije más, ni la hablé de mis parientes ni de mis esperanzas, ni la di a entender que, casándose conmigo, podría aspirar a mejor fortuna; porque ni me convenía nombrarle a usted, ni quise exponerla a que las miras de interés, y no el amor, la inclinasen a favorecerme. De cada vez la hallé más fina, más hermosa, más digna de ser adorada… Cerca de tres meses me detuve allí, pero al fin era necesario separarnos, y una noche funesta me despedí, la dejé rendida a un desmayo mortal y me fui, ciego de amor, adonde mi obligación me llamaba… Sus cartas consolaron por algún tiempo mi ausencia triste, y, en una que recibí pocos días ha, me dijo cómo su madre trataba de casarla, que primero perdería la vida que dar su mano a otro que a mí; me acordaba mis juramentos, me exhortaba a cumplirlos… Monté a caballo, corrí precipitado el camino, llegué a Guadalajara, no la encontré, vine aquí… Lo demás bien lo sabe usted, no hay para qué decírselo.

DON DIEGO: ¿Y qué proyectos eran los tuyos en esta venida?

DON CARLOS: Consolarla, jurarla de nuevo un eterno amor, pasar a Madrid, verle a usted, echarme a sus pies, referirle todo lo ocurrido y pedirle no riquezas, ni herencias, ni protecciones, ni… eso no… Sólo su consentimiento y su bendición para verificar un enlace tan suspirado, en que ella y yo fundábamos toda nuestra felicidad.

DON DIEGO: Pues ya ves, Carlos, que es tiempo de pensar muy de otra manera.

DON CARLOS: Sí, señor.

DON DIEGO: Si tú la quieres, yo la quiero también. Su madre y toda su familia aplauden este casamiento. Ella... y sean las que fueren las promesas que a ti te hizo... ella misma, no ha media hora, me ha dicho que está pronta a obedecer a su madre y darme la mano, así que...

DON CARLOS: Pero no el corazón. *(Levántase.)*

DON DIEGO: ¿Qué dices?

DON CARLOS: No, eso no... Sería ofenderla... Usted celebrará sus bodas cuando guste; ella se portará siempre como conviene a su honestidad y a su virtud; pero yo he sido el primero, el único objeto de su cariño, lo soy y lo seré... Usted se llamará su marido; pero, si alguna o muchas veces la sorprende, y ve sus ojos hermosos inundados en lágrimas, por mí las vierte... No la pregunte usted jamás el motivo de sus melancolías... Yo, yo seré la causa... Los suspiros, que en vano procurará reprimir, serán finezas dirigidas a un amigo ausente.

DON DIEGO: ¿Que temeridad es ésta?

(Se levanta con mucho enojo, encaminándose hacia DON CARLOS, *que se va retirando.)*

DON CARLOS: Ya se lo dije a usted... Era imposible que yo hablase una palabra sin ofenderle... Pero acabemos esta odiosa conversación... Viva usted feliz, y no me aborrezca, que yo en nada le he querido disgustar... La prueba mayor que yo puedo darle de mi obediencia y mi respeto es la de salir de aquí inmediatamente... Pero no se me niegue a lo menos el consuelo de saber que usted me perdona.

DON DIEGO: ¿Con que, en efecto, te vas?

DON CARLOS: Al instante, señor... Y esta ausencia será bien larga.

DON DIEGO: ¿Por qué?

DON CARLOS: Porque no me conviene verla en mi vida... Si las voces que corren de una próxima guerra se llegaran a verificar..., entonces...

DON DIEGO: ¿Qué quieres decir?

(Asiendo de un brazo a DON CARLOS *le hace venir más adelante.)*

DON CARLOS: Nada... Que apetezco la guerra, porque soy soldado.

DON DIEGO: ¡Carlos!... ¡Qué horror!... ¿Y tienes corazón para decírmelo?

DON CARLOS: Alguien viene... *(Mirando con inquietud hacia el cuarto de* DOÑA IRENE, *se desprende de* DON DIEGO, *y hace que se va por la puerta del foro.* DON DIEGO *va detrás de él y quiere detenerle.)* Tal vez será ella... Quede usted con Dios.

DON DIEGO: ¿Adónde vas?... No, señor, no has de irte.

DON CARLOS: Es preciso... Yo no he de verla... Una sola mirada nuestra pudiera causarle a usted inquietudes crueles.

DON DIEGO: Ya he dicho que no ha de ser... Entra en ese cuarto.

DON CARLOS: Pero si...

DON CARLOS: Haz lo que te mando.

(Éntrase DON CARLOS *en el cuarto de* DON DIEGO.)

ESCENA XI

DOÑA IRENE, DON DIEGO

DOÑA IRENE: Conque, señor don Diego, ¿es ya la de vámonos?... Buenos días... *(Apaga la luz que está sobre la mesa.)* ¿Reza usted?

DON DIEGO: Sí, para rezar estoy ahora.

(Paseándose con inquietud.)

DOÑA IRENE: Si usted quiere, ya pueden ir disponiendo el chocolate, y que avisen al mayoral para que enganchen luego que... Pero, ¿qué tiene usted, señor?... ¿Hay alguna novedad?

DON DIEGO: Sí, no deja de haber novedades.

DOÑA IRENE: Pues, ¿qué?... Dígalo usted, por Dios... ¡Vaya, vaya!... No sabe usted lo asustada que estoy... Cualquiera cosa, así, repentina, me remueve toda y me... Desde el último mal parto que tuve, quedé tan sumamente delicada de los nervios... Y va ya para diez y nueve años, si no son veinte; pero desde entonces, ya digo, cualquiera friolera me trastorna... Ni los baños, ni caldos de culebra, ni la conserva de tamarindos; nada me ha servido; de manera que...

DON DIEGO: Vamos, ahora no hablemos de malos partos ni de conservas... Hay otra cosa más importante de que tratar... ¿Qué hacen esas muchachas?

DOÑA IRENE: Están recogiendo la ropa y haciendo el cofre, para que todo esté a la vela, y no haya detención.

DON DIEGO: Muy bien. Siéntese usted... Y no hay que asustarse ni alborotarse *(Siéntanse los dos.)* por nada de lo que yo diga; y cuenta, no nos abandone el juicio cuando más lo necesitamos... Su hija de usted está enamorada...

DOÑA IRENE: ¿Pues no lo he dicho ya mil veces? Sí, señor, que lo está; y bastaba que yo lo dijese para que...

DON DIEGO: ¡Este vicio maldito de interrumpir a cada paso! Déjeme usted hablar.

DOÑA IRENE: Bien, vamos, hable usted.

DON DIEGO: Está enamorada; pero no está enamorada de mí.

DOÑA IRENE: ¿Qué dice usted?

DON DIEGO: Lo que usted oye.

DOÑA IRENE: Pero ¿quién le ha contado a usted esos disparates?

DON DIEGO: Nadie. Yo lo sé, yo lo he visto, nadie me lo ha contado, y, cuando se lo digo a usted, bien seguro estoy de que es verdad... Vaya, ¿qué llanto es ése?

DOÑA IRENE: *(Llora.)* ¡Pobre de mí!

DON DIEGO: ¿A qué viene eso?

DOÑA IRENE: ¡Porque me ven sola y sin medios, y porque soy una pobre viuda, parece que todos me desprecian y se conjuran contra mí!

DON DIEGO: Señora doña Irene...

DOÑA IRENE: Al cabo de mis años y de mis achaques, verme tratada de esta manera, como un estropajo, como una puerca cenicienta, vamos al decir... ¿Quién lo creyera de usted?... ¡Válgame Dios!... ¡Si vivieran mis tres difuntos!... Con el último difunto que me viviera, que tenía un genio como una serpiente...

DON DIEGO: Mire usted, señora, que se me acaba ya la paciencia.

DOÑA IRENE: Que lo mismo era replicarle que se ponía hecho una furia del infierno, y un día del Corpus, yo no sé por qué friolera, hartó de mojicones a un comisario ordenador, y, si no hubiera sido por dos padres del Carmen, que se pusieron de por medio, le estrella contra un poste en los portales de Santa Cruz.

DON DIEGO: Pero ¿es posible que no ha de atender usted a lo que voy a decirla?

DOÑA IRENE: ¡Ay! No, señor, que bien lo sé, que no tengo pelo de tonta, no, señor... Usted ya no quiere a la niña, y busca pretextos para zafarse de la obligación en que está... ¡Hija de mi alma y de mi corazón!

DON DIEGO: Señora doña Irene, hágame usted el gusto de oírme, de no replicarme, de no decir despropósitos, y luego que usted sepa lo que hay, llore y gima y grite, y diga cuanto quiera... Pero, entretanto, no me apure usted el sufrimiento, por amor de Dios.

DOÑA IRENE: Diga usted lo que le dé la gana.

DON DIEGO: Que no volvamos otra vez a llorar y a...

DOÑA IRENE: No, señor, ya no lloro.

(Enjugándose las lágrimas con un pañuelo.)

DON DIEGO: Pues hace ya cosa de un año, poco más o menos, que doña Paquita tiene otro amante. Se han hablado muchas veces, se han escrito, se han prometido amor, fidelidad, constancia... Y, por último, existe en ambos una pasión tan fina, que las dificultades y la ausencia, lejos de disminuirla, han contribuido eficazmente a hacerla mayor. En este supuesto...

DOÑA IRENE: Pero ¿no conoce usted, señor, que todo es un chisme inventado por alguna mala lengua que no nos quiere bien?

DON DIEGO: Volvemos otra vez a lo mismo... No, señora, no es chisme. Repito de nuevo que lo sé.

DOÑA IRENE: ¿Qué ha de saber usted, señor, ni qué traza tiene eso de verdad? ¡Conque la hija de mis entrañas, encerrada en un convento, ayunando los siete reviernes, acompañada de aquellas santas religiosas!... ¡Ella, que no sabe lo que es mundo, que no ha salido todavía del cascarón, como quien dice!... Bien se conoce que no sabe usted el genio que tiene Circuncisión... ¡Pues bonita es ella para haber disimulado a su sobrina el menor desliz!

DON DIEGO: Aquí no se trata de ningún desliz, señora doña Irene, se trata de una inclinación honesta, de la cual hasta ahora no habíamos tenido antecedente alguno. Su hija de usted es una niña muy honrada, y no es capaz de deslizarse... Lo que digo es que la madre Circuncisión, y la Soledad, y la Candelaria, y todas las madres, y usted, y yo el primero nos hemos equivocado solemnemente. La muchacha se quiere casar con otro, y no conmigo… Hemos llegado tarde; usted ha contado muy de ligero con la voluntad de su hija… Vaya, ¿para qué es cansarnos? Lea usted ese papel, y verá si tengo razón.

(Saca el papel de DON CARLOS *y se le da a* DOÑA IRENE. *Ella, sin leerle, se levanta muy agitada, se acerca a la puerta de su cuarto y llama. Levántase* DON DIEGO *y procura en vano contenerla.)*

DOÑA IRENE: ¡Yo he de volverme loca!… ¡Francisquita!… ¡Virgen del Tremedal!… ¡Rita! ¡Francisca!

DON DIEGO: Pero, ¿a qué es llamarlas?

DOÑA IRENE: Sí, señor; que quiero que venga y que se desengañe la pobrecita de quién es usted.

DON DIEGO: Lo echó todo a rodar… Esto le sucede a quien se fía de la prudencia de una mujer.

ESCENA XII

DOÑA FRANCISCA, DOÑA IRENE, DON DIEGO, RITA

(Salen DOÑA FRANCISCA *y* RITA *de su cuarto.)*

RITA: Señora.

DOÑA FRANCISCA: ¿Me llamaba usted?

DOÑA IRENE: Sí, hija, sí; porque el señor don Diego nos trata de un modo que ya no se puede aguantar. ¿Qué amores tienes, niña? ¿A quién has dado palabra de matrimonio? ¿Qué enredos son éstos?... Y tú, picarona... Pues tú también lo has de saber... Por fuerza lo sabes... ¿Quién ha escrito este papel? ¿Qué dice?...

(Presentando el papel abierto a DOÑA FRANCISCA.*)*

RITA: *(A parte a* DOÑA FRANCISCA.*)* Su letra es.

DOÑA FRANCISCA: ¡Qué maldad!... Señor don Diego, ¿así cumple usted su palabra?

DON DIEGO: Bien sabe Dios que no tengo la culpa... Venga usted aquí... *(Tomando de una mano a* DOÑA FRANCISCA, *la pone a su lado.)* No hay que temer... Y usted, señora, escuche y calle, y no me ponga en términos de hacer un desatino... Déme usted ese papel... *(Quitándola el papel.)* Paquita, ya se acuerda usted de las tres palmadas de esta noche.

DOÑA FRANCISCA: Mientras viva me acordaré.

DON DIEGO: Pues éste es el papel que tiraron a la ventana... No hay que asustarse, ya lo he dicho. *(Lee.) «Bien mío: si no consigo hablar con usted, haré lo posible para que llegue a sus manos esta carta. Apenas me separé de usted, encontré en la posada al que yo llamaba mi enemigo, y, al verle, no sé cómo no expiré de dolor. Me mandó que saliera inmediatamente de la ciudad, y fue preciso obedecerle. Yo me llamo don Carlos, no don Félix. Don Diego es mi tío. Viva usted dichosa, y olvide para siempre a su infeliz amigo. Carlos de Urbina.»*

DOÑA IRENE: ¿Conque hay eso?

DOÑA FRANCISCA: ¡Triste de mí!

DOÑA IRENE: ¿Conque es verdad lo que decía el señor, grandísima picarona? Te has de acordar de mí.

(Se encamina hacia DOÑA FRANCISCA, *muy colérica, y en ademán de querer maltratarla.* RITA *y* DON DIEGO *lo estorban.)*

DOÑA FRANCISCA: ¡Madre!... ¡Perdón!

DOÑA IRENE: No, señor, que la he de matar.

DON DIEGO: ¿Qué locura es ésta?

DOÑA IRENE: He de matarla.

ESCENA XIII

DON CARLOS, DON DIEGO, DOÑA IRENE,
DOÑA FRANCISCA, RITA

(Sale DON CARLOS *del cuarto precipitadamente; coge de un brazo a* DOÑA FRANCISCA, *se la lleva hacia el fondo del teatro y se pone delante de ella para defenderla.* DOÑA IRENE *se asusta y se retira.)*

DON CARLOS: Eso no... Delante de mí nadie ha de ofenderla.

DOÑA FRANCISCA: ¡Carlos!

DON CARLOS: Disimule *(A* DON DIEGO.) usted mi atrevimiento... He visto que la insultaban, y no me he sabido contener.

DOÑA IRENE: ¿Qué es lo que me sucede, Dios mío?... ¿Quién es usted?... ¿Que acciones son éstas?... ¡Qué escándalo!

DON DIEGO: Aquí no hay escándalos... Ése es de quien su hija de usted está enamorada... Separarlos y matarlos viene a ser lo mismo... Carlos... No importa... Abraza a tu mujer.

(Se abrazan DON CARLOS *y* DOÑA FRANCISCA, *y después se arrodillan a los pies de* DON DIEGO.)

DOÑA IRENE: ¿Conque su sobrino de usted?...

DON DIEGO: Sí, señora, mi sobrino, que con sus palmadas, y su música, y su papel me ha dado la noche más terrible que he tenido en mi vida... ¿Qué es esto, hijos míos, qué es esto?

DOÑA FRANCISCA: ¿Conque usted nos perdona y nos hace felices?

DON DIEGO: Sí, prendas de mi alma... Sí.

(Los hace levantar con expresión de ternura.)

DOÑA IRENE: ¿Y es posible que usted se determina a hacer un sacrificio?...

DON DIEGO: Yo pude separarlos para siempre, y gozar tranquilamente la posesión de esta niña amable; pero mi conciencia no lo sufre... ¡Carlos!... ¡Paquita!... ¡Qué dolorosa impresión me deja en el alma el esfuerzo que acabo de hacer!... Porque, al fin, soy hombre miserable y débil.

DON CARLOS: *(Besándole las manos.)* Si nuestro amor, si nuestro agradecimiento pueden bastar a consolar a usted en tanta pérdida...

DOÑA IRENE: ¡Conque el bueno de don Carlos! Vaya que...

DON DIEGO: Él y su hija de usted estaban locos de amor, mientras que usted y las tías fundaban castillos en el aire, y me llenaban la cabeza de ilusiones, que han desaparecido como un sueño... Esto resulta del abuso de autoridad, de la opresión que la juventud padece; éstas son las seguridades que dan los padres y los tutores, y esto es lo que se debe fiar en el sí de las niñas... Por una casualidad he sabido a tiempo el error en que estaba... ¡Ay de aquéllos que lo saben tarde!

DOÑA IRENE: En fin, Dios los haga buenos, y que por muchos años se gocen... Venga usted acá, señor, venga usted, que quiero abrazarle.

(Abrazando a DON CARLOS. DOÑA FRANCISCA *se arrodilla y besa la mano a su madre.)* Hija, Francisquita. ¡Vaya! Buena elección has tenido... Cierto que es un mozo muy galán... Morenillo, pero tiene un mirar de ojos muy hechicero.

RITA: Sí, dígaselo usted, que no lo ha reparado la niña... Señorita, un millón de besos. *(Se besan* DOÑA FRANCISCA *y* RITA.)

DOÑA FRANCISCA: Pero ¿ves qué alegría tan grande?... ¡Y tú, como me quieres tanto!... Siempre, siempre serás mi amiga.

DON DIEGO: Paquita hermosa *(Abraza a* DOÑA FRANCISCA), recibe los primeros abrazos de tu nuevo padre... No temo ya la soledad terrible que amenazaba a mi vejez... Vosotros *(Asiendo de las manos a* DOÑA FRANCISCA *y a* DON CARLOS) seréis la delicia de mi corazón; y el primer fruto de vuestro amor... sí, hijos, aquél... no hay remedio, aquél es para mí. Y, cuando le acaricie en mis brazos, podré decir: a mí me debe la existencia este niño inocente; si sus padres viven, si son felices, yo he sido la causa.

DON CARLOS: ¡Bendita sea tanta bondad!

DON DIEGO: Hijos, bendita sea la de Dios.

ÍNDICE

TÍTULOS DE LA COLECCIÓN

1 Niccolò Machiavelli, EL PRÍNCIPE
2 Gustavo Adolfo Bécquer, RIMAS
3 Oscar Wilde, EL FANTASMA DE CANTERVILLE
4 José Martí, ISMAELILLO. VERSOS LIBRES. VERSOS SENCILLOS
5 Edgar Allan Poe, CUENTOS DE INTRIGA Y TERROR
6 Anónimo, LA VIDA DE LAZARILLO DE TORMES
7 Franz Kafka, LA METAMORFOSIS
8 Lewis Carroll, ALICIA EN EL PAÍS DE LAS MARAVILLAS
9 Miguel de Cervantes, DON QUIJOTE DE LA MANCHA, I
10 Miguel de Cervantes, DON QUIJOTE DE LA MANCHA, II
11 Gustavo Adolfo Bécquer, LEYENDAS
12 William Shakespeare, HAMLET
13 Arcipreste de Hita, LIBRO DE BUEN AMOR
14 Charles Dickens, CANCIÓN DE NAVIDAD
15 Pedro Calderón de la Barca, LA VIDA ES SUEÑO
16 José Hernández, MARTÍN FIERRO
17 Duque de Rivas, DON ÁLVARO O LA FUERZA DEL SINO
18 Félix Mª Samaniego, FÁBULAS MORALES
19 Juan Valera, PEPITA JIMÉNEZ
20 Homero, ILÍADA
21 Anónimo, POEMA DE MÍO CID
22 Pedro Calderón de la Barca, EL ALCALDE DE ZALAMEA
23 Jean de la Fontaine, FÁBULAS ESCOGIDAS PUESTAS EN VERSO
24 Jorge Manrique, COPLAS POR LA MUERTE DE SU PADRE. POESÍA COMPLETA
25 Homero, ODISEA
26 Félix Lope de Vega, FUENTE OVEJUNA
27 Friedrich Nietzsche, ECCE HOMO
28 L. Fernández de Moratín, EL SÍ DE LAS NIÑAS
29 William Shakespeare, MACBETH
30 Dante Alighieri, LA DIVINA COMEDIA
31 Esopo, FÁBULAS ESÓPICAS
32 Fernando de Rojas, LA CELESTINA

33 Charles Baudelaire, LAS FLORES DEL MAL
34 Khalil Gibran, ALAS ROTAS
35 J.-B. Poquelin Molière, EL AVARO
36 Friedrich Nietzsche, ASÍ HABLÓ ZARATUSTRA
37 Jean Jacques Rousseau, EL CONTRATO SOCIAL
38 Fray Luis de León y S. Juan de la Cruz, POESÍAS COMPLETAS
39 William Shakespeare, ROMEO Y JULIETA
40 Publio Virgilio Marón, ENEIDA
41 Francisco de Quevedo, HISTORIA DE LA VIDA DEL BUSCÓN
42 Luigi Pirandello, SEIS PERSONAJES EN BUSCA DE AUTOR
43 Marcel Proust, UN AMOR DE SWANN
44 Lao-Tzu, TAO TÊ CHING
45 Tirso de Molina, EL BURLADOR DE SEVILLA
46 René Descartes, DISCURSO DEL MÉTODO
47 José Martí, LA EDAD DE ORO
48 Horacio Quiroga, CUENTOS DE AMOR DE LOCURA Y DE MUERTE
49 Miguel de Cervantes, NOVELAS EJEMPLARES, I
50 Miguel de Cervantes, NOVELAS EJEMPLARES, II
51 Ricardo Güiraldes, DON SEGUNDO SOMBRA
52 William Shakespeare, SUEÑO DE UNA NOCHE DE VERANO
53 Robert Louis Stevenson, EL EXTRAÑO CASO DEL DR. JEKYLL Y DEL SR. HYDE
54 Jorge Isaacs, MARÍA
55 James Joyce, DUBLINESES
56 Friedrich Nietzsche, EL ANTICRISTO
57 Jack London, LEY DE VIDA Y OTROS CUENTOS
58 Edgar Allan Poe, NARRACIONES EXTRAORDINARIAS
59 Joseph Conrad, CORAZÓN DE TINIEBLAS
60 Gilbert Keith Chesterton, EL HOMBRE QUE FUE JUEVES
61 Nikolai V. Gogol, NOVELAS DE SAN PETERSBURGO
62 Mariano Azuela, LOS DE ABAJO
63 Pedro Antonio de Alarcón, EL SOMBRERO DE TRES PICOS
64 F. Scott Fitzgerald, EL GRAN GATSBY
65 Benito Pérez Galdós, MARIANELA
66 Franz Kafka, EL PROCESO
67 William Shakespeare, EL MERCADER DE VENECIA
68 Mary W. Shelley, FRANKENSTEIN
69 César Vallejo, POEMAS HUMANOS
70 Friedrich Nietzsche, GENEALOGÍA DE LA MORAL
71 William Shakespeare, OTELO
72 Emily Brontë, CUMBRES BORRASCOSAS

73 Domingo Faustino Sarmiento, FACUNDO
74 Oscar Wilde, EL RETRATO DE DORIAN GRAY
76 Voltaire, CÁNDIDO, O EL OPTIMISMO
77 George Orwell, REBELIÓN EN LA GRANJA
78 Fíodor Dostoievski, MEMORIAS DEL SUBSUELO
79 Bartolomé de Las Casas, BREVÍSIMA RELACIÓN DE LA DESTRUCCIÓN DE LAS INDIAS
80 Gustave Flaubert, MADAME BOVARY
81 Raymond Radiguet, EL DIABLO EN EL CUERPO
82 Benito Pérez Galdós, MISERICORDIA
83 Fernando Pessoa, EL BANQUERO ANARQUISTA
84 Luis Coloma, PEQUEÑECES
85 Jane Austen, ORGULLO Y PREJUICIO
86 Friedrich Nietzsche, HUMANO, DEMASIADO HUMANO
87 Johann Wolfgang Goethe, PENAS DEL JOVEN WERTHER
88 Virginia Woolf, FLUSH, UNA BIOGRAFÍA
89 Lev N. Tolstoi, LA MUERTE DE IVÁN ILICH
90 Santa Teresa de Jesús, LIBRO DE LA VIDA
91 Anónimo, POPOL VUH
92 Alexandre Dumas, LA DAMAS DE LAS CAMELIAS
93 Sófocles, EDIPO REY
94 Marco Polo, EL LIBRO DE LAS MARAVILLAS
95 Fiodor Dostoievsky, EL JUGADOR
96 Ovidio, EL ARTE DE AMAR
97 Sun Zi, EL ARTE DE LA GUERRA
98 Edgar Allan Poe, NARRACIÓN DE ARTHUR GORDON PYM
99 Friedrich Nietzsche, OCASO DE LOS ÍDOLOS
100 William Shakespeare, EL REY LEAR
101 Oscar Wilde, LA IMPORTANCIA DE LLAMARSE ERNESTO